問津文庫

津沽名家詩文叢刊第七種
主編　王振良

碧琅玕館詩鈔

楊光儀　原著
趙　鍵　整理

天津出版傳媒集團
天津古籍出版社

圖書在版編目(CIP)數據

碧琅玕館詩鈔 / 楊光儀原著 ; 趙鍵整理. -- 天津 : 天津古籍出版社, 2017.6

(津沽名家詩文叢刊 / 王振良主編)

ISBN 978-7-5528-0527-7

Ⅰ. ①碧… Ⅱ. ①楊… ②趙… Ⅲ. ①詩集－中國－近代 Ⅳ. ①I222.75

中國版本圖書館 CIP 數據核字(2017)第 091005 號

碧琅玕館詩鈔

楊光儀原著　趙鍵整理

出版人/ 張瑋

*

天津古籍出版社出版

(天津市西康路 35 號　郵政編碼:300051)

http:// www.tjabc.net

今晚報社印刷廠印刷

全國新華書店發行

開本 880×1230 毫米　1/32　印張 9.5　字數 151 千字

2017 年 6 月第 1 版　2017 年 6 月第 1 次印刷

ISBN 978-7-5528-0527-7

定　價: 58.00 圓

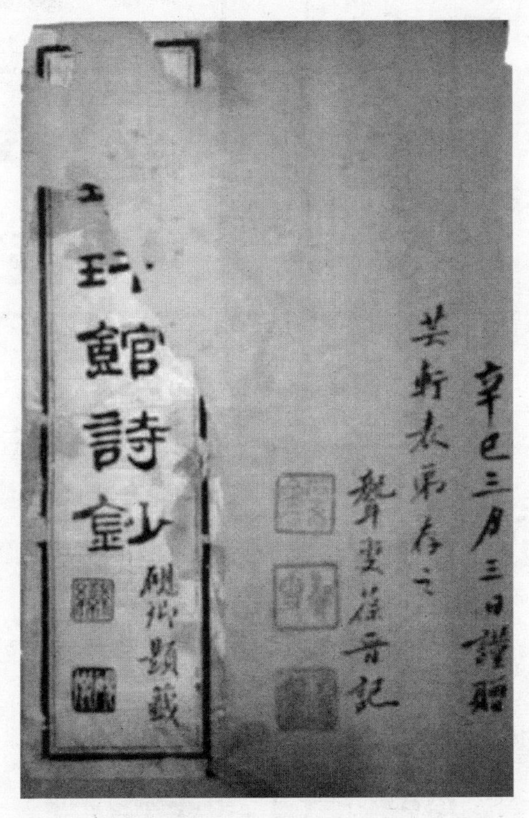

《碧琅玕館詩鈔》封面

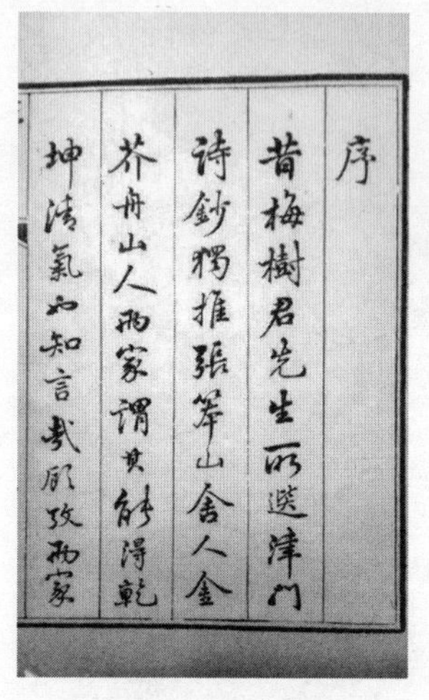
序
昔梅樹君先生所選津門
詩鈔獨推張笨山舍人金
芥舟山人兩家謂其能得乾
坤清氣而知言者所攻兩家

《碧琅玕館詩鈔》序首頁

《碧琅玕館詩鈔》内封

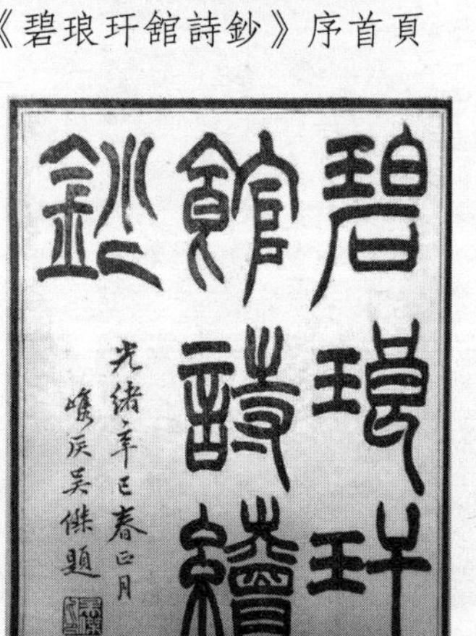

《碧琅玕館詩續鈔》内封

《碧琅玕館詩續鈔》封面

津沽名家詩文叢刊總序

李劍國

國人素重鄉邦文獻，方志多立《藝文志》，著録本地述作。至有薈萃前賢文集撰著，郡邑叢書作焉。明人海鹽樊維城纂輯《鹽邑志林》，開啓風氣，而清世民國爲盛，若《畿輔叢書》《吴興叢書》《武林掌故叢編》《貴池先哲遺書》等，多達七八十種。郡邑書之纂，刘世珩《貴池先哲遺書序目》嘗云：「所以景仰前賢，嘉惠後學，乃士大夫鄉里所應爲之事也。」昔元代婺州蘭溪人編《敬鄉録》十四卷，録其鄉賢詩文。而民國永嘉黄羣輯鄉賢著作，亦以《敬鄉樓叢書》爲名。「敬鄉」者，本《詩經·小雅·小弁》：「維桑與梓，必恭敬止。」郡邑之編，皆以見本鄉人傑地靈，文物之盛，寄託桑梓之情也。

較之古邑名都，天津建邑未久，明永樂二年始置天津衛，於今方六百餘年。雍正三年陞衛爲州，九年復陞爲府，轄六縣一州。逮乎清季，直隷總督駐於津城，李鴻章、袁世凱相繼於此興辦洋務。光緒二十六年，天津陷於八國聯軍，淪爲列强租界。自此九河下梢之地，乃成百里洋場之都，天府津渡，工商重鎮，達官遺老蟻聚，騷人墨客麕集，物華之繁，超乎往昔矣。

士仍守本樸，鄙物質之享樂，而致力於藝術之陶冶，而度其『富貴如不可求，從吾所欲』之生活。以言著作，則歷代之文存詩稿，多如恒河沙數……今日争以奢侈相炫，食多珍饈，衣錦晝行，惟三津尚發越前光，綿綿不墜，實晚近不數覩之邦矣。」津人藝文之作，《天津縣新志》著録明清二百七十七人、五百三十種。《天津志略》復益三十六人、七十二種。金大本《津人著述存目》，乃增至四百人，著述近千。今人高洪鈞氏編著《天津藝文志》，又增入天津所轄郊縣鄉人著作，凡得著作千五百種左右，作者六百餘人。此中大部爲清世民國人，三百年之文質彬彬，洵爲大觀也。

《天津志略・文藝》云：「天津雖爲通都大埠，民風稍涉奢華，但澹泊致遠之

今存津人詩文別集，以康熙間刻龍震《玉紅草堂集》爲早，此後所存者甚衆，惜乎單部零種，未及彙編，管中一斑，難窺全豹。方今各地學人，頗重本土文獻之整理研究，地方出版社亦引爲己任。吾津文事繁充，撰作衆多，自應不愧前賢，免落後塵。所幸者王振良君與問津書院同儕，正著手編輯《津沽名家詩文叢刊》，蒐集整理王煐、查爲仁、梅成棟、楊光儀、嚴修、王守恂、華世奎、章鈺、郭則澐、

李金藻、蘇星橋、陳誦洛等津人詩文集，將陸續出版，以彰顯津門藝文之盛。振良本吉林人，受業於南開，從事於報社。久居津城，認作故鄉，舊事新聞，諳熟於心。與同氣編輯《天津記憶》《品報》《問津》，十數年孜孜矻矻，鍥而不捨，世所难能，其志可嘉。而津沽名家詩文之刊，尤爲盛舉，誠儒林雅事，津門之幸也。

余生山右，讀書教學於南開已四十餘年，然居於斯而昧於斯，話及津事，每茫茫然。幸振良常臨陋室，聆其高論，閱其文編，津門數百年之事，遂知一二。前時振良索序，以弁叢刊之首。今稽考文獻，粗陳陋見，庶免「夏蟲語冰」之譏爾。

甲午歲清明後一日草於釣雪齋

（李劍國，南開大學文學院教授、博士生導師）

碧琅玕舘詩鈔整理本序一

張鐵榮

津門學人趙鍵（鉉齋）先生最近將清末名詩《碧琅玕舘詩鈔》整理出版，可謂功莫大焉。鉉齋為著名詩人，對於古代文化頗有研究且貢獻良多。六年前曾經將晚清進士唐烜（芸海）的詩集《虞淵集注》整理出版，不但豐富了詩壇而且很有史料價值。最可貴者在其對於近現代天津文化尤為重視，此前他曾選注了《三津韻語》、選編《三津地楹聯》先後出版，對豐富津門文化研究起到了至關重要的作用，同時也使他成為一位學者型的詩詞家。

《碧琅玕舘詩鈔》的出版是一項填補空白的工作。從學術史的角度講，清代詩歌處於中國古代詩歌的最後階段，它有著承前啟後的重要地位。故而在題材、體裁、風格等方面既吸收歷代詩歌之精華，表現出系前朝延續的一面，同時又是向近現代過渡的重要時節，有著睜開眼睛看世界、求新求變的另一種特色。查《中國詩歌通史·清代卷》雖然注意到學界不曾重視北方詩人的通病，力圖在寫作中給予糾正，還特別增加了申涵光（冀人）的創作，也介紹了傅山及秦晉詩群、河朔詩群等。然而，對於京畿要衝的天津作家作品卻沒有談及，這不能不說是一大遺憾。因此我更覺得趙鉉齋先生的工作有著非常重要的學術意義。

「琅玕」亦作「瑯玕」，查各種辭書的解釋頗為複雜。比較統一的是指珠玉或似珠玉的美石，泛指珍貴、美好之物。從《書・禹貢》到《山海經・海內西經》《抱樸子・祛惑》《文選・張衡〈南都賦〉》等，都有豐富的經典例句，不一而足。

《碧琅玕館詩鈔》近代以來其實有好幾種同名書。比較早的《碧琅玕館詩鈔》，是清嘉靖年間的李湘茝所作。李湘茝科舉中副榜，任戶部雲南司主事，戶部貴州司員外郎，福建司郎中，江南道府督辦海運江南河庫道。曾作有《碧琅玕館詩鈔》。

比較有名的是冼玉清的同名詩集，冼玉清（一八九五—一九六五），廣東南海西樵人，著名文獻學家、畫家，被稱為「千百年來嶺南巾幗無人能出其右」的傑出女詩人。她畢生沉迷典籍，勤於著書立說，對中國古典文學有極深的造詣，特別在詩詞創作方面，卓然成家，有「廣東才女」之譽。解放前著有《碧琅玕館詩鈔》多集。她的詩作曾受到國學大師陳寅恪的高度讚賞，冼玉清逝世後陳在挽詩中寫有：

「此後年年思往事，碧琅玕館吊詩人。」

我們現在要說的這冊《碧琅玕館詩鈔》，它的作者是清末詩人楊光儀。楊光儀（一八二二—一九〇〇）字香吟，天津人。先世自浙江義烏遷津，業鹽致富。至其父輩，家道中落。其自幼從父受書。年二十為縣學生，三十中舉人。選補東光縣教諭。其後會試不第，遂絕意仕途。在津設塾接徒，並主講輔仁學院，津門士子，多在其門。海上名書畫家吳昌碩即其弟子。晚年與梅寶璐、于士祜、孟繼坤等聯吟結社，詩酒酬唱。著有《耄學齋華語》《津門詩續集》《碧琅玕館詩鈔》等。為天津近代繼梅成棟之後最享盛名的重要詩人。

《碧琅玕館詩鈔》是晚清津門大家楊光儀（香吟）的重要詩集。《碧琅玕館詩鈔》和《續鈔》共分為前後各四卷，其中《詩鈔》三百八十五首，《續鈔》二百八十六首，共收古今體詩六百七十一首。從版本學的角度來看，《碧琅玕館詩鈔》有兩個鈔本。即清光緒元年（一八七五）刻本和清光緒九年（一八八三）刻本，均署「清楊光儀撰」；次年還印行了《碧琅玕館遺詩》，署名「清成玉撰」，估計這就是《碧琅玕館續鈔》的由來。

《碧琅玕館詩鈔》雖有殘本流於民間，然統集起來實為不易，又因歷史久遠，前後各種刻本分散各方，至今幾近闕如。趙鍵先生是資料搜集的有心人，他展現給我們的這個版本，就是在廣為收淘的基礎上，經過集中篩選、拾遺補缺而成的，因此就顯得十足珍貴。另外，經過他的整理校訂、糾正錯訛、重新標點、精心排印，應該是最全面且集大成的一個版本，可謂當下千秋功不可沒。

細讀這些詩作，我以為從內容上大致可分為勵志抒懷、旅途紀行、友朋唱和、寫景記事、津門采風、讀史詠物等類。特別是記錄晚清時期天津特色與地域文化的詩詞，今天讀來更顯得彌足珍貴，同時也有著非同尋常的歷史與現實意義。

首先，《碧琅玕館詩鈔》展示出許多天津的老地名。比如木廠莊、河西務、水西莊、謝公祠、南樓、海光寺、城南、問津書院、梁家園、土城等等。這些老地址今天大多還都在，讀著作者在這些地方寫的詩或者寫這些地方的詩，作為天津的讀者自然有一種親近之感。

其次，《碧琅玕館詩鈔》記錄了晚清天津的事件。如河水犯濫、城南大火、北城樓火、城南觀水、水西莊決口、天津賑恤、丁丑大旱、大雨中問津書院雙槐樹受損、記災賑災等等。歷史上天津的水患、天災，民眾的疾苦、作者的心情，盡在詩中傾訴殆盡。讀來令人唏噓不已、感人至深。

最後，《碧琅玕館詩鈔》講述了許多個人的生活紀行。楊光儀雖在天津，但他絕不是一個足不出戶的書呆子。從詩詞中我們可以讀出他走滄州、去通州、下勝芳、赴昌平的生活軌跡和路途感悟，在津門周遭更是去過不少地方，所到之處都留下了他的詩作。這些紀行的詩，對於讀者也有一種別樣的啟示。

在內容上，《碧琅玕館詩鈔》正如其友朋兼學生所云「香吟目擊時艱，發之於詩」，反映出作者的正義感與向上的人生觀。他的詩可貴之處在於關心民間疾苦，注意草根階層的喜怒哀樂。如僕人、流民、農夫、更夫等形象都能入詩；此外他還十分關注女性的生活與心裡的痛苦，粗略統計僅是寫烈女、貞女、孝女的詩就有十三首之多。其中有的針對一個人一件事就寫了兩首，雖然這些詩表現的是當時的正統思想，頗有封建思想的痕跡，但是我們不能以今天的思想來苛求古人，那種憐憫之心還是能夠躍然紙上。我以為把他的詩詞放回到當時的歷史時代來看，則是今人應取的態度。

詩云：「詩言志，歌詠言。」最可貴者是《碧琅玕館詩鈔》中的勵志、自責詩。楊光儀詩句中有：「瑾瑜每匿瑕，川澤亦納污。」「多求實大恥，矯廉豈通儒。積極魔乃生，美名不易居。」「讀書緬故人，心平慮自周。一息未遂盡，僶仰懷前修。」

就是今人讀來也會感覺到其人修身甚嚴、修身頗謹。當時鴉片已經進入中國，詩人對於吸毒深惡痛絕，他特别寫了《阿芙蓉》一首：「飛來海外蜒煙濃，流毒中原路幾重。從此劫灰燒不盡，一燈香綻阿芙蓉。」詩中既批判了鴉片的害人，又指出了此物的迷惑性。讀後足以令人警醒，其意義不可小覷。

《碧琅玕館詩鈔》在藝術上可謂中規中矩，好句屢跌。最大的特色是用典不多，便於交流。在他那個時代，文人能詩者甚衆，而楊光儀之即興的作品甚多，正可説明作者之勤奮。「詩從憂患得，語總性靈鐫，處世無城府，傳家有誦弦。」既是友人對他的高評，也是作品本身的特質。好詩也應該讓人懂得，平實是藝術的最高境界，這也許正是他的朋友、弟子最為看重並欽佩的特質之所在。

《碧琅玕館詩鈔》的重新出版，既可以使著名的津派詩人及其作品重見天日；又可以向詩詞專家與愛好者提供欣賞參照，使之效法繼承有本；還可以供研究者從各個方面去追尋近代以來的地域文化經緯，開闢更廣大的想像空間視角。無論從哪種角度來看，趙鍵先生的勞作都是功莫大焉。

二〇一五年二月十五日農曆臘月廿七

碧琅玕館詩鈔整理本序二

周大成

趙鍵兄日前將其點校的《碧琅玕館詩鈔》稿本付我一觀，并囑我作序。當時因有别事而未細言此事，而我對作者楊光儀（香吟）也不熟悉，遂含糊答應。歸來用半天時間通讀一遍，方才初曉趙鍵兄整理此書的意義。也正是通讀了此書，便也爲當時答應作序而生了悔意，自覺無力完成。當時的答應雖有些猶豫，如今若遽辭似亦不妥。我想還是將有幸先睹此書的些微感想書寫下來，聊爲塞責之辭吧。

楊光儀乃天津人，似無可争議，《碧琅玕館詩鈔》明確標示作者爲津門楊光儀，爲該書題詞者亦多爲有名望的天津人，如于士祜、李慶辰、王立中、王樾、孟繼坤等。楊光儀的詩到底如何呢？梅成棟輯纂《津門詩鈔》時，對所輯入的張笨山（霔）、金芥舟（玉岡）極為青睞，謂其能得乾坤清氣也。觀張、金二家詩作，也自然明白這是有見地的話。有一段時間，楊光儀與朋友次第離津，奔波於外地謀事，有歸自津中的兒輩攜有楊光儀所著《碧琅玕館詩鈔》，友人讀後，禁不住驚訝地説出了「這樣的詩，才是『真得乾坤清氣者』」的評價。即斷定，《碧琅玕館詩鈔》將必可與梅成楝所推崇的秋水道人、黃竹老人所著《綠豔亭集》《黃竹山房詩鈔》交相輝映。

這裏不妨舉上述三人的述懷七律各一首為例，從中或可斑窺全豹。以我多年搜尋、閱讀、創作詩詞的體會，以為要想將一首七律寫好，須調動差不多全部的詩詞技法和對描寫物件的深切感悟，故從一首七律中最能知悉作者之襟懷情調、技藝學養。

四十閑身免逐喧，今年又閉一年門。寒松不蔽雲三徑，苦竹常埋雪滿園。逢舊交遊傷白髮，送殘日月笑空樽。春風未至雁先至，思繞梅花江上村。張筅山

仰對青天笑不休，青驢席帽自風流。未隨野鶴千年別，且伴孤雲萬里遊。今古浮沉皆付酒，江山清曠獨登樓。他時更欲蓬瀛去，擬向珊瑚系釣舟。金玉岡

數椽茅屋等行窠，吹到春風見太和。但得有生同省事，相逢何惜不高歌。紅羊殘劫驚心久，蒼狗浮雲瞥眼過。戎馬未來三徑在，當門老樹自婆娑。楊光儀

以上各詩無論抒情敍事，讀來皆自然流暢，饒有韻味。用典貼切，不留痕跡，看似信手拈來，實則功力精深。單從技法論，三人各有擅場，但最終歸於詩，合於律，其相通處連詩中用語都有不謀而合處。

這樣的作者，這樣的好詩，如任其湮滅，實為憾事。但這樣一本舊版詩集整理起來，確實又有很大難度。單說標點、斷句，就不是一般人所想像的那般容易。特別是古體詩的斷句，有時是頗費躊躇的。僅就現在我所看到的這個整理本，雖是粗讀，亦可以感受到趙鍵兄所付出的努力。即使如此，以我一個普通讀者的眼光看來，也並非沒有可商議處。這在校點古籍時，是很正常的。我們現在能看到的一些古代詩詞名家作品的新排本，也存在這個問題。感謝趙鍵兄施以慧眼，勉以勞作，為我們將這津門大家的有價值的詩集整理出來，付梓刊行。既為以後《津門詩鈔》之增補做了準備，又馬上可使有心于傳承中華優秀傳統文化者，愛好中華詩詞者，研究天津文化源流者，特別是研究天津詩詞文化者，提供了新的資鑒，實為無量之好事。

甲午年深冬于沽上疏轩

目録

碧琅玕館詩鈔卷二

碧琅玕館詩鈔卷三

碧琅玕館詩鈔卷四

碧琅玕館詩續鈔

碧琅玕館詩續鈔卷一

碧琅玕館詩續鈔卷二

碧琅玕館詩續鈔卷三

碧琅玕館詩續鈔卷四

碧琅玕館詩鈔

碧琅玕館詩鈔序

昔梅樹君先生所選《津門詩鈔》，獨推張笨山舍人、金芥舟山人兩家，謂其能得乾坤清氣也。知言哉。顧攷兩家之為人，性皆孤峭，不務舉業。因得肆力於詩歌，若既從事帖括之文，日敝其心力簡鍊揣摩，以報時好，而性靈不存焉。即又烏睹所謂清氣者哉。雖然執是說也，獨不可以律吾楊子香吟。香吟以科第傳家，幼工舉業，清心抒妙理，每試輒冠其曹。初不知其能詩也。壬子秋，香吟舉於鄉，旋即奉諱讀禮，予亦幕游保易，蹤跡日疏，後因會試聚首京邸，快談之下亦無一語及於詩。癸酉冬，兒輩歸自津中，攜有香吟所著碧琅玕館詩集，予閱竟欲曰：此真得乾坤清氣者，可與笨山舍人之綠艷亭、芥舟山人之黃竹山房後先輝映。樹君先生若在，又不知作何咨賞矣。慨自癸丑以後津郡多故，香吟目擊時艱，發之於詩，令人不忍卒讀。誠哉，其窮而後工歟。乃知舉業非有妨於詩，亦人之為舉業者先誤耳。謂予不信，盍進而觀香吟之詩？

自與盈川别，於今近廿年。詩從憂患得，語總性靈鐫。處世無城府，傳家有誦弦。乾坤清氣在，卓立海雲邊。變風與變雅，宣聖不曾刪。生值亂離際，痛深家國間。有心回世運，無力濟時艱。予亦同茲憤，長歌出涕潸。

同治甲戌仲春下浣　友生張式芸書田氏序并題句

碧琅玕館詩鈔前跋

碧琅玕主人抱有春溫，節比秋勁，耽吟成癖，相契以天，乃廿載知音，離多聚少。甲戌春暮，倦翮還津，手執斯編囑余曰：及門徐苑卿出守台州，欲分俸代爲付梓。不敢自信，敬以質君。浣誦迴環，擊節稱快。夫文字升沉，亦關定數，不致貽譏，大雅何容金玉爾。音刴古調獨彈，海濱匿跡；狂瀾誰挽，慷慨臨風。短句則塵障全消，長篇則愁城直破。賦物比興，情見乎詞。故鎔鑄光陰，卷高盈尺；激揚風化，淚湧垂毫。抑且蟬韻自清，鶴聲能遠，一空依傍杼軸予懷。僉曰：近體胎息於王孟韋柳，古體出入於李杜韓蘇，既非主人所願聞，尤非余之所樂道。謹贅管見，質諸世之讀斯集者。

同治甲戌小陽月中浣　愚弟梅寶璐小樹拜識於聞妙香館

題詞

津門**梅寶璐**小樹

鱸鱠動秋風，催返津沽棹。舊雨倍思君，南窗仍寄傲。十載轉瞬間，相顧異年少。各訴境所遭，可哭更可笑。示我碧琅玕，珍重窺全豹。鏗鏗金石聲，短歌復長嘯。飄飄鸞鶴姿，五色祥光耀。慷慨出性真，比喻能獨造。一片忠愛忱，偏不位廊廟。馀事作詩人，對之增感悼。歎我走風塵，苔岑隔同調。孤客困烽煙，愁聽哀鴻叫。每懷大雅音，為我滌煩躁。紅蓴念故鄉，風味尋佳妙。一卷性靈存，投我心所好。宇宙任低昂，精神易消耗。無計逐世波，何處可高蹈。堪羨瀛海濱，常把巨鰲釣。

昌黎**崔樹寶**子玉

人事有遷變，性真無古今。直將燕趙氣，併作鳳鸞吟。浩浩憂時淚，茫茫遠別心。他年約偕隱，不為愛山深。

任邱**邊守元**質民

高歌一曲海天驚，此是燕南舊筑聲。讀到會心頻擊節，直忘愁苦況浮名。

蒿目瘡痍切杞憂，鴻篇慷慨勒河樓。當途費盡和戎策，只益騷人一段愁。

舊讀襄陽絕妙詞，誰知德祖益瑰奇。丁沽幸未徒留滯，敝篋曾收兩卷詩。

康樂延年各出奇，文章如面倍難移。但平意氣求真相，始識江瑤勝荔枝。

年來蹤跡溷屠沽，久戒論文謝九儒。忽下雌黃干吏部，半生智慧笑全輸。

滄州**于光褒**阿璞

我來沽水上，夙慕巨源名。著述追前哲，風騷起正聲。感時詩筆健，披卷道心生。轉瞬津雲隔，扁舟一棹橫。

津門**華頂元**文珊

沽上談風雅，知交有幾人。工良心獨苦，語拗意彌真。花絮團成雪，珠璣碾作塵。開編懷庾鮑，俊逸更清新。

尺五城南路，飛來一卷詩。儘多長慶體，無限杜陵思。舊雨懷前夢，春風感故知。抱才仍不遇，惆悵落花時。

津門**梅寶熊**瀛山

五嶽蟠胸鬱不平，雲開霧合筆縱橫。身居白屋存忠愛，意感黃壚見性情。櫝内璠璵原待價，門前桃李早知名。於今衡鑒逢公道，華國文章要老成。

津門**王定中**耘梅

飽嘗世味感難禁，雪案風窗耐苦吟。未必詩人終落拓，從知名士有胸襟。當門桃李開偏早，絕俗梅花契最深謂小樹昆仲。我有一言向君訴，可容小草附長林。

津門**于士祜**筠菴

君詩若醇酒，珍珠碎滴光玉斗。君詩若奇花，繽紛五色攢仙葩。憶昔訂交方弱冠，把臂同游恣泮奐。風晨露夕走相尋，翦燭西窗弄柔翰。鄴架書堆萬卷多，閒居所事惟吟哦。性情涵泳得古趣，願以風雅招天和。夜半欃槍射光采，拉雜烽煙二十載。

杜陵憂國有同心，留得千秋詩史在。一編投我輝琳琅，令予展誦炫目光。屬詞比事言有物，吟風嘯月情何長。吁嗟乎，吾鄉老崔梅謂崔念堂、梅樹君兩先生，詩名噪齊魯。此後茫茫誰接武？大雅扶輪幸賴君，我以一軍為之輔。會看晴空萬里煥卿雲，臥酒呑花共作騷壇主。

津門**李慶辰**筱筠

今古千年事，包羅一卷中。好閒人不俗，埋首士何窮？予亦悲歌者，君真避世翁。披吟春夜短，翦盡燭花紅。

津門**王樾**雲清

清光滿紙戞琳琅，收拾閒情付錦囊。環堵有書敦夙好，匡牀無夢到黃粱。廿年風月饒悲慨，六代山河問渺茫。擊缺唾壺君莫笑，相逢原不諱疏狂。

津門**孟繼坤**筱藩

梅花社冷詞壇空，米齋近又居遼東。沽上何人嗣風雅，海天搔首青濛濛。多君繼起奮雄藻，筆陣千人恣橫埽。小隱能輕世上名，閒吟忽向樽前老。卓卓鐵涯此後身，放眼快覩嶔崎人。寒氈一坐三十載，菜根咀嚼甘清貧。與我結交不妨淡，暇日袖詩呼我覽。春官十上空歸來，依舊蓬門晝長掩。奇哉高士生南州，昔依絳帳今宦游。一卷知君足千古，為市梨棗供雕鎪。感君師弟情繾綣，會向天臺傳萬本。襄陽清發愧無聞，獨立蒼茫寸心遠。

津門**杜官雲**蓮塘

屈指名流沽水上，如君品學有誰兼。愁原無迹憑詩繪，病不嫌多任酒添。夙好幾人穪弟子，笑談隨意寓鍼砭。碧琅玕下低頭拜，一瓣心香許共拈。

津門**孟繼壎**志青

凌雲健笔橫秋氣，消磨壯心無限。绿酒澆胷，紅箋寫悶，富貴何欣何羡？流年暗轉。有幾卷新詩，自家排遣。廿載浮名，误人今昔甚非淺。才華清似水洗，儘風流意緒，依舊難減。咒筍情癡，拈花笑解，付與毫端裝點。茶香夢短，抵多少推敲，頓拋寒煖。一字吟成，耐人尋味遠。調寄齊天樂

碧琅玕舘詩鈔卷一

拭劍歌

一劍挂壁二十年，如箭在房弓在韃。天陰風黑雷雨疾，欲化未化空蜿蜒。我今拭之重太息，萬方多難胡自匿。白虹繞指芒角長，夜半牛斗寒無光。想見當年騁雄俊，事急戰苦霜風迅。鯨鯢膽破狐鼠奔，血雨淋漓浸白刃。將軍皓首遠歸來，千年寶匣沈泉臺。若耶之溪幽浚不可測，赤堇之山深閉何由開。鯫生得此豁胷臆，彈鋏朱門閱朝夕。拭罷看天高復高，太阿依舊懸破壁。吁嗟乎，張華今已死，雷煥不復生。鐵花繡澀復何惜，笑看鵩鵩飛去寒潭空。

兀坐

雲陰天欲暝，兀坐益蕭騷。裘敝春寒重，囊空酒價高。竈煙凝霧濕，檐雪結冰牢。望斷山陰棹，挑鐙自引毫。

書懷

雨洗一庭春，敲詩得趣眞。兒癡偏耐讀，僕拙不嫌貧。埽逕花留影，開軒鳥避人。吟成題怪石，愛爾最嶙峋。

冒雨夜歸

飯罷過比鄰，挑鐙談約略。促膝頃刻間，風雨旋交作。淅瀝猶未已，澎湃肆其虐。移時勢乃殺，躡屐來院落。開門地成河，中流任蹀躞。蝸居幸不遠，水疾歸未涸。奚奴起閉關，蓬頭赤兩腳。入室擁被眠，四鄰無擊柝。有聲東南來，瑟瑟振帷幕。窗溼不禁風，都無餘紙著。拳曲恰如蝟，清寒還似鶴。避漏頻移牀，一枕倚墻角。少陵苦秋風，屋破通廖闊。蘇子連雨吟，室漏壁如鑿。慨念古之士，幾人得所託。甘苦須臾耳，今我胡不樂。不寐發高歌，更取餘酒酌。

雜感

混沌何時鑿，相看百感生。人情豈顛倒，我自遠人情。
已竭春蠶力，營營作繭牢。亂絲能立斷，爭奈是鉛刀。
蠻觸紛如此，誰能養太和。人心似流水，小激便生波。
未識春何處，春深晝掩門。飛來百舌鳥，棲久亦忘言。

哭黃小林茂才 騰鑄

酒徒今已隔仙山，去飲天漿未肎還，一樣浮生成老大，君何不耐住人間。

哭華少梅茂才 光鼐

嗟嗟小林死，我病在牀猶未起。今君復長眠，我病且無買藥錢。一病纏縣故人故，坐看歲月如流去。况君與我病少同，何不共向人間更小住！少微星隕海之濱，騷壇風月慘不春。此日再來東觀室，斯人不見空沾巾。枯梧挂壁藥爐冷，射窗斜日光耿耿。阿弟爲我出遺詩，展卷鬚眉來俄頃。憶自訂交丙午秋，感君屢作他鄉游。悤悤離聚二十載，忽驚跨鶴緱山頭。吁嗟乎，死何悲？生何樂？惟有當年車笠心，風淒雨晦終不沒。哭君未已欲問君，地下新交今幾人？此去若逢黃叔度，道我支離病骨貧益貧。

新秋

小有軒窗境自幽，消除熱惱迓新秋。不知宋玉緣何事，如此風光總是愁。

誌感

戰伐幾經年，瘡痍滿大千。煙塵埋白骨，血淚灑蒼天。列郡輸將久，三軍壁壘堅。聖朝賢將相，何日勒燕然。

微雨登南城有感

雨氣波光合，濃陰鎖不開。連天無岸泊是年大水，大地任雲埋。放眼蓬瀛近，關心猨鶴哀。甲兵何日洗，破浪仗奇才。

雨中過于筠菴士祜南有吟亭爲竟夕之飲

連朝苦雨不勝寒，聚首幽齋愜素歡。縱酒渾忘居處隘，閉門不識路途難。窗間風力欺殘燭，簷角濤聲瀉急湍。醉裏雞鳴催客散，晨光在水浸花欄。

題畫

結屋林隈與水隈，閒攜老鶴踏蒼苔。莞然一笑高歌罷，瞑色四山風雨來。

題于鈞菴南有吟亭詩稿

識君二十載，瀟灑脫塵埃。骨傲饒奇氣，情多見妙才。
一編冰雪淨，大筆雨風來。幾度西窗夜，挑燈句共裁。

題王成言誠之江南筆記

煙月南朝劇可憐，玉簫聲裏殢吟鞭。湖山靈秀歸名筆，金粉因緣屬散仙。赤壁
重游蘇玉局，揚州一夢杜樊川。雪泥舊迹從頭認，爲問鴻飛又幾年。

書懷

濁酒澆胷自詠詩，疏懷不解事袁絲。貧將入骨翻成慣，事待回頭已覺遲，恰有
閒情搜故紙，更無先著鬭殘棋。醉中大笑呼誰語，好鳥飛來叫竹枝。

送別馮克一

屢向離亭話別離，高懷磊落繫人思。慣談風月情偏淡，遠歷河山士乃奇。豪氣於今仍縱酒，悲歌此後更裝詩。歸來聽雨連牀夜，回首離亭又幾時。

不寐

愁來不成寐，詩思亦蒼涼。病覺情懷減，貧憎歲月長。我身憐螾蝂，世事感蜩螗。翻怪希夷叟，浮生託睡鄉。

古意

門外無落花，庭前有修竹。花落逐水流，竹秀在空谷。

題郭筠孫明府師泰明湖春泛圖

君不見，蘇學士赤壁行歌風月裏。又不見，謝永嘉笑傲林壑窮幽遐。人生在世不稱意太白句，固應浪迹餐煙霞。先生抱利器，屢拔文壇幟。簪花遊上林，煙水豈素志。神仙不得住蓬萊，一官竟向濟南來。濟南山水兩奇絕，明湖十里畫圖開。先生來作湖山主，水光山色相吞吐。訟庭吏散有餘閒，附郭人耕足新雨。綠楊隄畔放輕舟，官清愛逐遊人遊。淡與鷗魚盟白水，坐看華鵲成丹邱。虎頭妙筆無俗情，圖成尺幅清風生。一城劃破碧山色，滄波萬疊浮青冥。吁嗟乎，先生此遊豈得已，一官匏繫聊爾爾。時乎不來且勿悲，斯人還爲蒼生起。我思謝傅游東山，八公草木走苻堅。方今四海半爭戰，行看先生乘風破浪直下萬里之樓船。

放言

士而貧，宜埋首，過眼煙雲竟何有。出而對友朋，條條鬚髪慚老醜。入而對妻孥，嘵嘵交謫鬨欲走。登場傀儡易爲歡，百結愁腸孰與剖。不如屏棄一切歸去卧深山。天空地闊絕無偶，木石與居麋鹿友。謳我一曲歌，酹我一杯酒。獨行獨坐歲月閒，仰視白雲開笑口。葛仙井畔水常清，宏景樓前松自吼。古之高人逸士滅沒不可求，我乃彷彿遇之千百餘年後。采藥翁、煙霞叟，高隱姓氏亦何奇，虛名埽卻等揮帚。士而貧，宜埋首。

夜雨獨坐

枯坐柝聲繁，鐙昏走黠鼠。憂來誰與知，風送西窗雨。

秋日竹下作

一徑新涼料峭生，搖空疏影寫縱橫。不栽松菊秋彌淡，小住瀟湘夢亦清。晚歲丰神饒勁氣，寒天風雨作先聲。年來幾見新篁茁，閱盡韶華倍有情。

祭竈詩

短檠矮几篆煙浮，草草杯盤諒我不。欲市黃羊循故事，恐將肉食作神羞。

無端

不愁風雪緊，身暇得安居。裘敝惟存革，廚空半貯書。懷人詩作簡，供客食無魚。窗外梅花笑，無端又歲除。

得于�

滿紙牢愁訴不休，幾時更作故鄉遊。長年客館青鐙冷，千里親闈白髮秋。詩酒須除名士習，文章好與古人謀。賣漿屠狗英雄事，慎勿頹唐學楚囚。

不才

誰爲蒼生策太平，嘯歌局外一身輕。閒居聊可追潘令，痛哭何堪效賈生。津樹蒼涼兵甲氣，海門迢遞鼓鼙聲。不才似我休饒舌，獨抱愚忱祝聖明

避兵木廠莊

行年未四十，兩作亂離人。留去無全策，艱難集此身。暫逃今日劫，更受異鄉貧。落拓干戈際，空餘滿面塵。

河樓題壁

西來萬里海波揚，飛檄驚傳驛使忙。絡繹艨艟頻入寇，倉皇將帥又登場。營屯萬馬師甯老，煙障三山賊益狂。卻喜有人能緩敵，軍前幾度饋牛羊。海濤騰沸更填河，倉猝謀成混鸛鵝。頑石無功沈碧浪，火輪逐隊碾寒波。分團多士空投筆，移帳三軍已止戈。終是京師門戶地，孤城樓堞尚巍峩。

萬戶流離感不禁，愁雲如織晝陰陰。人歌兕虎家無定，盜起萑苻禍更深。懷璧眞成今日累，攫金難饜小人心。何時復得籌安輯，蒿目煙塵淚滿襟。

戈矛誰與誓同仇，守土官卑氣自遒。慷慨釋囚銷孽鎖，從容待賊按吳鉤。事多變態馳驅苦，痛切窮黎捍衛周。自是死生無異轍，芳名好繼謝公留。

星使遙臨擁節旄，軍中指畫得弦高。梟渠都市爭先著，餌敵河干具百牢。身賤偏能紓殺運，才奇不解讀兵韜。市門特喜承優詔，仰見諸公吐哺勞。

黯然河上毒煙生，旗影連空倍愴情。夾岸高樓成鬼窟，逆流巨艦瞰神京。旅獒不作天家貢，海鳥憑棲大將營。日暮淒涼夷樂奏，平時鼓吹悄無聲。

解卻妖氛海不波，鹽梅妙手善調和。金繒垂盡書空券，士卒欣傳唱凱歌。魏絳鐘懸甯有愧，華元犀甲已無多。年來諸將憂勞甚，風雨難忘舊枕戈。

比戶騰歡慶再生，渺予敢作不平鳴。罵人劉四言何補，善睡陳摶夢易驚。此日去留眞草草，無端得失漫營營。寒潮退後春潮疾，誰爲重修海上城海防向有新城，今廢。

苦寒吟

地罏不暖狐裘薄，環對妻孥坐深閣。筆僵試寫苦寒詩，硯瓦當窗冰凍坼。風吹短晷懸冷光，丹烏瑟縮海底藏。布衾如鐵耐清夜，有客橋頭凌曉霜。

金鼎調羹圖

猩屏翠箔圍春風，銅花篆鼎填青紅。幽閨滋味向誰說，恰在妝成不語中。荳蔻香霏玉匙小，轉念加餐愁遠道。新占吉利鼎耳黄，要他夫壻封侯早。

詠田家

炊煙結暝痕，風笛響前村。捕雀兒緣木，騎驢客到門。酒香桑子落，釣淺水波渾。吾愛襄陽叟，開軒笑語溫。

巳未春日北上

沙平草短不成春，遊子情懷古渡濱。廢堡有時藏餓殍，荒祠無客謁窮神。塵埋大野愁中路，馬走長安夢裏身。卻喜晚來風色好，斜陽影送荷鋤人。

數家桑柘自成村，一抹炊煙淡有痕。不習周旋人事少，但安眠食古風存。雁棲野岸忘賓主，狐據荒窯育子孫。此際海鷗眞可狎，幾人促膝話籬根。

通州

兵車絡繹幾時休，古道風沙動客愁。廢堡無人煙草綠，模糊字迹認通州。

和梅小樹寶璐海棠詩時小樹客南欒

寄到新詩第幾章，彩毫今又寫紅妝。蘭閨舊約春將老，忍向天涯種海棠。

無賴春光動客思，殷勤獨伴好花枝。夜深旅館燒銀燭，茶熟香濃未睡時。

送于筠菴之北平學署

方今海上未休兵，遥指盧龍倍愴情。此去他鄉完骨肉，重來舊侶話春明明年鄉試。知交似我慚將伯，坎坷如君更遠行。賸有青氈成故物，衙齋添得讀書聲。

閒中偶題

小園雨過嫩寒生，買得春旗手自烹。活火清泉誰品第，半窗花影讀茶經。

話舊

小聚朋儕笑拍肩，銅缾茶熟乳花圓。座中歌笑無餘子，鏡裏鬚眉孰少年。醉把酒籌悲阮籍謂黄小林，閒評琴譜哭成連謂華少梅。我今願乞如來法，歡喜長留石上緣。

偶成

碌碌貧中事，疏慵總未宜。醉眠添酒債，風雨過花期。賣劍空談俠，藏書不礙癡。無愁天子法，一笑得吾師。

病中喜九弟歸自河南

陡覺車聲到枕邊，病中坐起已欣然。候門稚子走相告，扶杖衰親喜欲顛。一室悲歡風雨夕，半生離合弟兄緣。挑鐙往事從頭說，即爲饑驅便可憐。

夏果

夏果方結實，人已指而視。伊誰競摘之，譽毀隨頰齒。遺核未即盡，殘膏飽蟻子。嗟爾未生時，何由動之死。無端賦以形，折磨相終始。不如委路旁，零落同苦李。

寒蟬

有緌不飾冠，孤潔抱秋影。赤日流長空，一樹綠雲冷。翳葉幸無患，胡有螳螂警。長吟過別枝，涼露滴金井。

閉門

典盡冬裘歲又闌，閉門兀坐士眞寒。生涯五夜添清課，身世中年愛冷官。鶴夢蓬壺霜月朗，梅分庾嶺雪天寬。年來此外誰同調，欲寫閒情下筆難。

寄懷筠菴

冷落青氈逼歲除，故人遠別久無書。算來失意君何恨，得作閒人我不如。樹底叩門迷舊徑，竹邊下榻笑蘧廬。盧龍沙草津沽月，兩地相思付雁魚。

和王菊莊詠花

頻年望杏未歸耕，笑指芳林日正晴。香扇樓頭分燕影，餳簫花外亂鶯聲。買春深巷添新賞，聽雨長安愴舊情。破帽淒涼簪不得，窺人牆角一枝榮。杏花

春迷煙痕遮斷武陵霞，何處乘舟問落花。根葉秖今成薄命，雨風無賴墮誰家。故國紅顏老，渡冷空江白日斜。想像避秦人在否，長林蕭索響哀笳。桃花

含情桃花輕薄柳花狂，收拾詩懷付海棠。恰爲春寒遲放蕚，不因人賞更飄香。小苑羞金屋，有恨深宵見淚妝。果使癯仙能聘得，清陰常護水雲鄉。海棠

懷古

滿架牙籤半畝宮，欲從往哲問窮通。茫茫塵劫拋身外，落落英才到眼中。北闕上書名未達，南山射虎氣猶雄。男兒未遂平戎志，篋底陰符蠹緒紅。

述懷

荆榛滿目劇愁余，坐羡浮雲任卷舒。閱世擬爲綏寇紀，避人懶作絕交書。名猶可指終多事，身自能閒况索居。蝗黠蟬癡空擾擾，紫藤花下夢華胥。

問津書院雙槐爲雷雨所拔已逾年矣適有所感追而賦之

雙槐書屋書院齋名雙槐古，柯葉參天蔭堂廡。花開別孕詩書香，材大羞與杉檜伍。藝院人文沽水長，雙槐對峙成夾輔。胡爲造物厄奇尤，不使英靈壽兹土。濤聲澎湃夜雨疾，雷火下燒風似虎。蒼虬僵臥鱗甲張，廣廈無春冷樽俎。把卷觸生發長歎，久乃幸同腐草腐。傳聞海上新設防，重臣駐節日旁午。作筏樹柵需良材，刀斤斧鋸搜園圃。吏胥重失老臣心，狐假虎威眞蠹蟲。村墟榆柳罷春社，野寺煙霞沈别浦。波及華表墓門空，冷落幽魂泣秋雨。雙槐不死重堪悲，奇材摧折天難補。天公愛物何神奇，早攝精英上玉宇。白榆自歷歷，扶桑婆娑舞。共此植根星日旁，光聯天上圖書府。

贅言

病後偏逢亂，西風鐵騎鳴。糗糧悲遠道，兵甲託餘生。土壘環城築，妖星入夜明。海門烽火急，雲暗亞夫營。

連歲籌防海，將軍喚奈何。山東開敵壘，沽上起夷歌。法變租庸調，謀參戰守和。眼看成浩劫，無計挽天河。

攘夷持大義，意氣壯山河。一戰能懲楚，重來已小羅。沿流舟可泛，據險壘誰摩。獨斥和戎議，三年未止戈。

持久師將老，連營白日寒，時清圖事易，禍亟立功難。飛檄燕雲遠，驚沙塞草乾。寄言諸父老，大將早登壇。

王師無詭道，狂寇仗偏師。別港通舟艦，荒村出鼓旗。幻眞同鬼蜮，悍欲敵熊羆。怪爾貪婪甚，披猖又幾時。

戰苦神彌旺，刀頭帶血捫。壘邊飛劫火，天上返精魂。一死輸全局，孤忠報至尊。賢王真痛煞，敵騎又津門。

直北長安近，煙塵驛路荒。漫云求歲幣，徑欲據敖倉。舊第黃金賤，殘村白骨涼。老羆何處所，小醜盡跳粱。

門啟延秋夜，哀鳴白項烏。有人悲蜀道，回首悵中都。風雨山河險，星霜歲月徂。傷心劉給諫，涕淚灑窮途。

頓覺兵端息，華筵講院開。諸生韜筆去，酋長佩刀來。禮重修文地，人推作相材。功成受上賞，未許唱于思。

占地同劉格，魚鹽鬼亦貪。生憎當午道，隨意役丁男。陰慘成羅刹，荒唐話蔚藍。小民顦悴甚，虎視正眈眈。

白日半人鬼，人窮鬼益豪。衙空戎幕啟，幣重役車勞。穿壁蠻煙黑，當途馬矢高。笑渠情性別，亦解醉醨醪。

書囊兼藥裹，此外復何求。遇事憎多口，無才懶出頭。教兒燈火靜，憶弟雁聲秋。竊喜親闈健，關心菽水謀。

絕句

未許輕寒到祓池，沈沈簾幕夢醒遲。鈴聲清脆晨曦上，恰是人家放鴿時。

樂將軍善輓歌

將軍浩氣壓千古，將軍遺恨天莫補。沽水淒咽海水飛，想見將軍戰獨苦。去年番舶窺津門，火輪激浪蛟龍奔。沈沈殺氣半人鬼，白日無色滄溟昏。我軍能戰兼能守，好整以暇相持久。壞雲壓陣壁壘深，萬馬無聲肅刁斗。將軍威武衝前鋒，風雲叱咤驚龍宮。卻克更請八百乘，敢以徒勇貪天功。重臣謀定公謀阻，巋然一臺作門戶。番舶連檣慣仰攻，霹靂一聲竄如鼠。黑煙漲海海不流，倉皇萬鬼聲啾啾。灑血腥風走倭寇，射潮犀弩嗤錢鏐。誰知事變靡不有，戰艦潛通北塘口。陰風吹出酆都城，魑魅罔兩平地走。陡驚暗地來羣凶，拒敵前後戈甲鳴。孤軍屹立人盡墨，慘飛烈焰高臺傾。將軍嚼齒齒盡碎，裹創殺賊賊不退。力竭沈淵面如生，亂跳碧血驚濤沸。河伯怖走避奔瀧，倒流十里屍不僵。更聞部下有奇士，萬春裂眥殉睢陽。戰格連雲阻飛翼，誰使多魚漏消息。海神廟外馳鬼車，豆子䘸邊少人迹。忠烈特蒙聖主褒，蓬壺飄渺仙雲高。至今夷夏交市處，荒煙斷壁風騷騷。我聞島夷昔恭順，旅獒越雉同入覲。安得更見海波平，再拜祠堂慰孤憤。

悼亡

久甘貧賤賦于飛，愧我疏慵事事非。補屋牽蘿終累汝，年來典盡嫁時衣。
滿耳清砧月正明，擣衣時節最關情。可憐十指眞忙煞，刀尺聲中過一生。
補拙能勤耐曉昏，何勞乞巧向天孫。織縑織錦渾無用，南阮家風犢鼻褌。
思親日日盼歸甯，屈指音書暗涕零。話到征途愁欲絕，夜窗竊數短長亭。
因循一病幾經年，春月秋風總黯然。偏是諱言身後事，強偕兒女笑鐙前。
支持又是夕陽天，少欲偷閒轉自憐。一領青衿勞澣濯，清泉汲到藥鑪邊。
秋來陡覺瘦難支，漸廢眠餐病可知。記我養疴當盛夏，累君然火夜炊糜。
落葉瀟瀟一樹風，涼侵短榻夜鐙紅。憐君病苦翻增慟，亡女今宵入夢中。
祈禱無靈只益悲，牀頭稚子淚先垂。傷心夜半呼湯藥，已是春蠶絲盡時。

麻衣弱子色淒涼，哭向靈幃奠酒漿。顧爾無依腸已斷，那堪夢裏夜呼娘。

萬事淒涼付水流，一棺草草厝荒邱。從今怕向城西路，衰柳長堤總是愁。

寂寞空幃酒一壺，殘鐙挑盡夢魂孤。夜臺母女今重聚，露冷風淒憶我無。

玉鉼

玉鉼零落來人間，珍重誰家座上看。舊内銀鐶悲劫火，新宮玉版隔燕山。當年位置深宮裏，八方無事天顏喜。碧玉窗邊罨畫開，黃金鑪畔香雲起。美人相對豔朝霞，素手輕持袖半遮。冷碧新添太液水，嬌紅斜插上陽花。一自驚塵竄狐鼠，水覆花殘雜悲楚。皇家寶器價千金，碧眼蠻奴一笑取。可憐不作嬴鉼凶，輦向他鄉鬼窟中。逐利市兒詫奇貨，揮金大賈稱豪雄。買得奇珍誇座客，眾目環觀益嘖嘖。七寶裝成星日輝，雙龍蹴起風云色。驪山焦土賸殘陽，夏鼎商彝付渺茫。煙草誰收銅雀瓦，市坊不數碧雞缸。別有合歡宮樣扇，泥金作畫鵝溪絹。寂寞香銷漢苑春，依稀淚染班姬怨。同此抛殘汙俗塵，何時供奉依香案。玉盌秋風葬茂陵，銅盤冷露泣離宮。當年顧命人何在，琉璃鉼裏姓名空。世事興衰如轉轂，白珩猶在終非福。雜還羣腥逐敦槃，淒涼故府悲弓玉。唾壺擊碎客何能，欲頌金甌倍愴情。此時遼海尚傳箭，此時蜀道怕聞鈴。誰解杜陵寒甃句，一窗風雨賦銅缾。

雪美人

謝庭飛絮證前因，相對無言見淚痕。貌縱如花偏耐冷，心眞似水倩誰溫。無情易醒春風夢，有恨空留夜月魂。只為太清成薄命，鴻泥回首不堪論。

嫁得袁門如許清，淒涼庭院悄無聲。浮生豈爲紅顔誤，晚歲終虛白首盟。徹骨冰霜曾照我，到頭泥絮總憐卿。飛瓊不是癡兒女，化去還應住玉京。

吳宫詞

花開姊妹豔江鄉，獨入深宫壓眾芳。爲語小喬休恨別，阿姨夫壻擅侯王。

山河一綫簇瓏玲，列國新圖豔后庭。繡罷笑呈香案側，江南自是小朝廷。

晉宮詞

聞說天孫葬碧霞，銀河波冷斷雲遮。君王無限傷心處，怕看人簪素柰花。
宜男有相獨承恩，燕瘦環肥總莫論。戲向人前呼小字，阿納今是女崑崙。

宋宮詞

七夕新涼逗碧霄，吹篪賭酒夜迢迢，無端殿上傳呼急，勅伺天孫駕鵲橋。
符籙青珠付水流，新亭桴鼓幾時休。憐他鸚鵡空饒舌，鐙火深宮拜蔣侯。

齊宮詞

官家無復作貧兒，十萬金錢脫手時。猶記多多書喜字，西州報與美人知。
別啟新宮擬建章，雉場射罷鬭紅妝。金蓮貼地香留印，勝是西施響屧廊。

梁宮詞

東來多士贊維新，便殿承恩賜宴頻。頭白妓師當面認，沈郎同是永明人。
宮嬪亦解證菩提，素手焚香寶帳低。更乞官家親授戒，曇花香煖燕雙棲。

陳宮詞

封事連朝理得無，傳觴狎客笑相呼。膝頭妃子能裁答，權作君王記事珠。
小研紅箋點筆輕，麗華才調亦知名。當時竊怨韓擒虎，璧月新詞和未成。

閒中偶題

身閒隨處好，底事問生涯。我慕愚公谷，人稱處士家。興來對樽酒，春去負名花。坐覺日云暮，開軒看落霞。

碧琅玕館詩鈔卷二

辛酉十二月二十日作

恨無慧業脱根塵，來去年華孰幻真。舊事淒涼成短夢，當前色相感新春。妻孥隊裏三生累，石火光中再誤人。已識蓬山無我分，更從何處乞閒身。

旅館偶題

幾處笙歌夜未央，風光合讓少年場。客窗一卷桃花扇，手瀹清泉奠李香。

出都作

楊柳東風路，揚鞭鳥共飛。故人花裏別，遊子醉中歸。惆悵歌三疊，模糊樹四圍。今宵酒醒處，明月冷牀幃。

戒酒詩

劉伶頌酒德，惟德足勝酒。酒豈能困人，困者十八九。我本無酒腸，強與酒爲友。顧盼頗自喜，夷然忘其醜。有時長者前，狂呼酌大斗，有時肅嘉賓，戲謔靡不有。阿誰作監使，雜坐忘某某。子弟或效尤，重爲吾之咎。青蓮謫仙人，陶令煙霞叟。才大世轉隘，韜光付樽瓿。我果何爲者，畫虎反類狗。醒後自捫心，當境顏何厚。少時多疏放，今悔尚非後。杯酌豈絕之，縱飲吾已否。書此告同儕，賓筵誌不朽。

木廠莊夜歸

回首長堤落日圓，一鞭歸去暗前川。驚狐仄岸衝人過，棲鳥荒林抱葉眠。大野星光垂到地，遠村鐙火閃連天。無端湧出滄溟月，咫尺蓬壺思渺然。

讀史絶句

哀到江南枉斷腸，此身何日殉君王。可憐朱雀橋邊路，芳草無情冷夕陽。
入洛才高計已非，可憐白袷易戎衣。華亭鶴唳空回首，有客秋風放櫂歸。
幽逼何時息寇氛，淒涼倉屋贉孤臣。儒生事業無夷險，獨抱遺編護紫宸。
獨向江州擁節來，清談幾輩盡凡才。風流究是英雄事，爭說溫家玉鏡臺。

途中見新柳

駐馬長橋折柳枝，嫩黄淺碧逗新姿。故園桃李無消息，吹到春風是幾時。

河西務曉發

一雨消塵坱，登車怯曉涼。雞聲催日出，馬影過人長。林際月無色，草頭風有光。麥苗枯又活，餅餌待新嘗。

感懷

落花無語付東流，攬鏡頻驚白髮秋。寂歷琴樽懷舊約，漂搖風雨亂新愁。身名似我同雞肋，骨相何人說虎頭。書簏蟫紅仍矻矻，浮生無分識荆州。

唬鵑聲苦血痕新，烽火迷離不見春。儘有劉蕡甘下第，更無鄭俠繪流民。老臣福慧資經卷，上將風流愛美人。五夜淒涼玩星象，憑誰秉筆達楓宸。

懷友

擬翻新曲洗愁腸，玉笛聲清滯異鄉。記得夜涼聞折柳，南樓月色白於霜。

四閒詩并敘

余短於才，又性不耐煩。約舉生平所好有四，閒話、閒詠、閒遊，以及各家說部，無不於閒中披閱之。明知其細已甚，貽譏大雅。然有不能已者，爲詩以記之。

非緣絕口不談兵，風月評章萬事輕。竹榻香銷仍促膝，豆棚雨霽倍關情。漢家譏論成孤憤，晉室清談誤盛名。我愛東坡能說鬼，何須更作不平鳴。評花客去香逾妙，沽酒僮歸月並邀。自笑吟魂閒不得，題襟曾否勝題橋。蠟屐年年踏軟塵，西郊北郭挈同羣。遊山羽葢嗤靈運，修禊蘭亭愛右軍。芥子園荒尋斷碣，花神廟遠送斜曛。傷心最是三叉水，嗚咽寒潮不可聞。河樓久廢時洋人居之。荒唐未敢薄前人，酒綠鐙紅一卷新。事有難言聊誌怪，人非吾與更搜神。憑渠筆妙開生面，使我心空悟劫塵。盲左腐遷誇著作，千秋青史總陳陳。

于筠庵北平來書

殘葉響林薄，蟋蟀鳴階除。秋風昨夜來，吹到故人書。遼塞苦風沙，旅況知何如？拆書急欲讀，字字如貫珠。長言竟數紙，慷慨而紆徐。阿兄助薪水，差可贍妻孥。二老幸強健，膝下孫尚無。蹉跎隔鄉井，空負七尺軀。我乃忝知交，聞此徒嘻吁。昨日寄書去，殷勤付雁魚。翹首天一涯，問訊如比閭。阿誰集於菀，復誰集於枯。相看俱老大，情一而途殊。將來且勿問，風日娛今吾。

木廠莊掃墓

驅車木廠莊，下車日向午。整衣入墓門，欲拜淚如雨。老大無一成，赧顏對宗祖。吾父昔見背，吾乃隔鄉土。哀哀人子心，到此空悲楚。祭罷對羣季，哽咽不能語。泉臺咫尺間，子職缺難補。仰視蒼天高，斜陽迷別浦。

題滄州烈女吟詩卷

花落難忘雨露恩，白蘋風裏葬香魂。至今嗚咽寒塘水，併入毫端寫淚痕。

麻姑城外冷斜曛，一卷新詞唱入雲。好爲裦鈫留史筆，條山奇氣要平分。

和嚴緇生比部辰航海赴金陵曾制軍幕留別韻

驚濤駭浪不須論，仗劍從戎爲感恩。入幕昌黎金紫貴，得人裴相節旄尊。軍民計日歌三捷，禮樂當年策萬言。誰說文章憎命達，摩崖名共海山存。

壯遊不惜託妻孥，如此奇才世有無。雅似班超多遠略，羞同阮籍哭窮途。旌旗滬上新營壘，士女江南舊版圖。太息皇朝財賦地，更誰耕織共嬉娛。

不才似我敢談兵，埋首蓬門愧此行。破浪滄溟成遠別，策勳雲閣待歸程。祖筵共送先生櫂，賓幕遙開大將營。欲脫儒冠從劍佩，看銷金甲事春耕。

梅花二首

空山悄無人，冷月涵清曠。老鶴夜歸來，踏影蒼苔上。

淡極不知春，寒花已滿樹。欲贈素心人，素心人何處？

筠庵歸自遼西除夕小飲

辛盤雅集憶當年，並入汾陽玳瑁筵。一別鬚眉非故我，相逢詩酒亦奇緣。春迴遼海鞭絲裏，豔對唐花燭影邊。此夕連牀同不睡，餅笙隱約散茶煙。

送別錡庵四首

春風送君來，君去春未去。柑酒聽鶯時，誰與看飛絮。

把酒悵分襟，離愁無著處。清風細如絲，繫在天邊樹。

壯君多遠遊，豪懷宕溟渤。風笛最無情，吹冷關山月。

月杪送君行，冰泮君應到。灤河雙鯉魚，早晚平安報。

義匄 并敘

洋人時以錢物給匄者，義匄獨不往。人問其故，則張目視之，卒不答。

人盡逐腥羶，君何慕高潔。風雨一杯羹，千載西山蕨。

餓窮吾分耳，胃爲一餐誤。落落古人豪，蒙袂而輯屨。

梁間燕

梁間燕，梁間燕，春來將數子，哺之不知倦。風風雨雨幾經時，傍人門戶空繾綣。獨不聞，鳳凰飛上梧桐枝。鴻之羽兮用爲儀，爾胡爲者成伏雌。燕乃睇之刷其羽，似嘲似諷呢喃語。移時相對兩無言，簾幙沈沈月半吐。月半吐，酒一樽，滿地殘紅晝閉門。閉門不覺時物變，去來惟有梁間燕。

乙丑春道出藁村見鶴林亡弟遺筆感而賦此

昔日留題處，幽魂不可招。虛名空爾誤，熱淚任余拋。多病雙親在，無愁穉子嬌。謀生餘弱弟，何日返衡茅。

捉車行

今捉車，昔索租，官差絡繹行人疏。方春雨足待耕作，車牛避匿田將蕪。吏胥一何狡，夜伏田間道。鈴鐸聲何來？遽起肆牙爪。叩頭哀訴不放還，猶自按名責馬草。責馬草，來郡城，城中旁午日點兵。兵來苦多車苦少，富家買脫吏胥飽。吁嗟乎，車之去者力已疲，車之留者行無期。連營閙煞千熊羆，傳聞流賊飽颺去，纔是兵車上道時。

前首意有未盡復與筠庵同作

捉車，捉車，婦愁子嚎。阿爺衰且病，難禁鞭與笞。被逐來城府，縣官同我苦。屏息謁將軍，乃觸將軍怒。下堂責吏胥，吏胥還捉車。洶洶勢如虎，誰敢緩斯須。怪爾當門小犬不知畏，狺狺猶向籬間吠。

附筠庵作

下縣符飭吏，胥未捉賊先捉車。徵兵本爲濟民急，捉車翻致疲民力。驚聞胥吏下鄉來，車馬倉皇避不及。富家見吏胥，入室具牛酒，願傾囊橐爲君壽。貧家見吏胥，長跪前致詞，請君格外施仁慈。胥吏得錢胥吏喜，懷著縣符去鄉里。胥吏無車胥吏愁，鞭責貧民索馬牛。吁嗟乎，富家車多貧家少，胥吏徇私奮牙爪。可憐敝車羸馬驅，逐入官衙直到放回田已槁。

效太白體

扶桑曜朝日，反景忽西流。仙人跨黄鶴，小住崑崙邱。海水幾清淺，鞭雲時一遊。下視塵埃間，何物非蜉蝣。沙蟲紛四鎮，蝸角鬬不休。伏莽更出沒，顧之增煩憂。長嘯入雲去，吹笙緱山頭。

醉歌行

手持一杯酒，灑向明霞邊。仙人不能飲，氤氲散九天。下連雲氣起東海，瘦蛟出舞龍垂涎。更排閶闔契真宰，淋漓元氣飛甘泉。雨師風伯相後先，驅馳雷母操雷鞭。羣靈來往弄狡獪，洗出千頃萬頃濃翠留人間。人歌於路慶於室，我倚北窗方醉眠。

對雨感懷

賞雨居人喜，阻雨行人憂。天公信難爲，何復論人謀。人苦欲求全，動輒罹愆尤。出門四海窄，一室清且幽。

不寐

竈冷茶煙歇，壁暗鐙花結。蕭蕭落葉風，吹上半棱月。

秋雨

坐攬秋光入管城，窗紗時覺嫩寒生。缾花初綻香醪熟，小雨愔愔賣蟹聲。

雨夕寄懷筠庵

風雨寒宵入夢頻，行吟澤畔感靈均。塵生甑甕無餘粟，漏滴空廚有溼薪。豈果疏慵成結習，偏教落拓作窮人。他年脱穎酬知己，肎爲平原惜此身。我亦飢驅愧指囷，憐君壯歲耐沈淪。傭書別館青鐙冷，負米西風白屋貧。倦鶴不鳴偏灑落，長松無藍自精神。歌成遠慰窮愁況，暮雨瀟瀟隔碧津。

塊坐

塊坐已三日，出門何所之。愁添連夜雨，寒逼小春時。屋老無全瓦，花疏不滿籬。偶聞乾鵲語，牆角掠晴曦。

野望

狐兔縱横地，蒼鷹眼欲迷。霧昏流水外，地盡夕陽西。士卒琱戈靜，將軍甲帳低。連營千萬騎，蹴踏向風嘶。

雜詠

瘦蝶綣秋花，寒蛩吟細草。得意各飛鳴，暗裏年光老。
羣鴉噪寒林，一鶴偎空砌。不飛復不鳴，清風吹縞袂。

秋郊過野人花圃

雁聲落何處，秋色接重城。遠村穿雲斷，寒沙出水平。叩門驚犬吠，跂石愧花清。更上隄邊望，荒煙壁壘橫。

缾菊

黃花香孕半開時，隨意銅缾插幾枝。隱几微吟人共淡，不知明月上東籬。

秋日得六弟河南書賦此寄之

旅雁東南飛，寂坐增百感。忽接雲外書，挑鐙急披覽。嗟爾別未久，所遭多坎窞。但得我心平，勿怪人心險。秋風昨夜來，羣動皆震撼。錯雜百蟲鳴，聞之耳欲掩。庭樹兀自立，葉葉霜華染。精聚神不傷，春光來荏苒。百尺梧桐枝，菁英甯久歛。行將集鸞鶴，鷹鸇匿幽隒。大塊浩無心，俯仰判舒慘。爲爾寄此詞，開緘笑盈頷。

哭郭星巖晉泰

廢檠冷榻暗生塵，猶憶相過笑語親。話到家常無愧色，肎因老大作閒人。小軒延爽新移竹，短褐衝寒舊負薪。箇裏悲愉言不盡，向平早逝倍傷神。

竟抱牢愁赴夜臺，蕭蕭庭樹有餘哀。老妻多病身兼僕，愛子無知齒尚孩。塵牘風窗生計拙，素車白馬故人來。松楸遠接河邊路，漠漠寒煙鎖不開。

再哭星嚴

淚盡心難死，相看易簀時。人來聊舉目，慟極更無辭。後死今誰健，浮生約可知。昨朝猶勸我，病骨好支持。

秋夜感懷

笛聲吹作水龍吟，風景涼宵感不禁。明月無心留色相，浮雲何事幻晴陰。銜蘆征雁棲難穩，隱樹寒蟬響易沈。爭似西飛江上鶴，髯蘇一夢滌煩襟。

有生

安得逃聞見，長爲草莽臣。家貧難避地，性拙懶依人。老我青氈舊，迎春白髮新。有生應悔禍，天地正煙塵。

懷舊

喜得良朋集兩三，交情淡後耐清談。不因假蓋形人短，卻爲傳杯笑我貪。夜雨青鐙徐孺榻，西風黃葉遠公龕。平生蹤跡俱堪憶，雲斂長空月印潭。

年來

浮生已分作書蟫，猶悔年來涉世深。路自崎嶇防失足，事經磨涅要平心。不留餘巧猱升木，別有閒情鶴在林。欲覓仙源煙水闊，長風吹夢落遙岑。

蘆花

搖落江干冷夕暉，一生不傍畫簾飛。任教摶作三春絮，莫向天涯點客衣。

夜歸

何處柝聲繁，歸途人跡絶。風緊半街霜，天空一片月。

誌慨

五都裘馬各翩翩，轉瞬年華變煥寒。相士可能如郭泰，教兒何事怪王丹。幽蘭空谷琴三疊，叢桂小山月一丸。巢父掉頭滄海去，東流不解作迴瀾。

病中作

白日驚寒上短檐，打窗獵獵朔風嚴。一鑪蓄得通紅火，不爲留香亦下簾。胎息誰能授秘方，無聊況味更深嘗。硯田筆耒荒寒甚，衾枕都含藥餌香。

病中寄友

久負良朋約，光陰偃仰中。詩魂仍作祟，藥力欲爭功。榻小衣生摺，鑪荒火不紅。何時閒過我，應笑太冬烘。

梅花

東風吹暖最高枝，獨立蒼茫破臘時。明月有情隨客到，綠楊無賴得春遲。任栽官閣誰同調，未出深山世已知。清絕不曾留色相，何須更與買燕脂。

玉笛江城斷客魂，非關落去悵黃昏。冷煙數點前朝寺，孤鶴一聲何處村。驛路人歸春有腳，羅浮月墮夢無痕。故山老屋花開未，領取寒香倒酒樽。

蕭疏籬落妙傳神，徙倚風前步早春。臥雪曾無寒乞相，調羹偶現宰官身。得來清氣林泉古，照徹冰花日月新。欲覓知音香色外，逋仙去後幾詩人。

何心開向百花先，少領清芬便欲仙。客俗可能終日對，名高端不借人傳。綺窗香孕三冬雪，庾嶺春來萬里天。洗盡鉛華仍故我，空明悟到此身前。

和沈雲巢先生兆澐重宴鹿鳴詩原韻

坐攬蓬壺色不秋，霓裳一曲話從頭。笙歌天上賓筵啟，甲子人間律琯周。仕路經來平似砥，國恩報後退如流。杜門敢説無官好，應笑居鄉馬少游。

窮經早歲邁桓榮，多士從遊舊結盟。起草詞垣傳蠟炬，煎茶試院賦餅笙。分符化雨隨車降，轉粟春潮拍岸生。士女騰歡天作鑒，熙熙萬物暢山庚。

化洽封圻播管絃，聖朝恩寵更蟬聯。貧非矯俗真廉吏，事可爲輕古大賢。烽火驚傳宵築壘，桑麻無恙士歸田。功成晚歲懷吾土，遙指銀潢析木躔。

衣披一品列仙班，萬里鵬飛息羽翰。靜乃壽徵須養到，人皆吾與得齊觀。即今史筆誰班馬，早見勳名媲范韓。屈指瓊林添盛事，醉看桃李豔春官。

自笑

淬厲爭看不世才，干將飛去脱塵埃。鉛刀自笑渾無用，亦復曾經百鍊來。

長吟

勞勞何事得忘情，獨自長吟負手行。世綱可能開一面，塵緣值欲結三生。水當過險終無礙，月果長圓想更明。我愛逋仙真解脱，坐看梅鶴舉家清。

王烈婦并敘

烈婦金氏，天津人，同邑王恩黻繼配也。家計中落，隨夫就食河南。恩黻以疾卒，婦既欲引決。旋以似續無人，伯叔遠隔，因鬻釵珥爲歸計。越歲扶柩歸，絶粒旬日而亡。嗚呼烈矣，試以彰之。

夫何相隨飛於異鄉兮，抱枯枝而不芳。惟黄鵠之忽寡兮，羌悲來其無方。待歸其骸骨兮，道阻且長。又苦無衆雛兮，誰與相將？獨銜之而北征兮，望沽水之茫茫。脊鴒飛其見求兮，翩乃睇於北邙。螟蛉祝其似我兮，涕汍瀾而盈眶。羣雌粥粥相勸慰兮，焉識余之衷腸。雲漠漠兮風淒淒，余室毁兮毛羽摧。悵遺翮其獨仙去兮今同歸。

梅小樹赴蔚州幕以紀程詩見寄賦此答之

我昔送君去，君今寄詩來。羡君挾勝具，著腳羣山開。樊輿仕宦地，裘馬多俊才。掉頭捨之去，邊城訪吾儕。吾儕未即覩，眼底峯巒排。西山深復深，雲根蝕莓苔。迤邐紫荊關，車馬愁虺隤。盤路躡霄漢，石門鬱風雷。僂指境所歷，山經未能該。雕鎪窮化工，收拾作詩材。寄以詑故人，讀之翻驚猜。可有羽化者，元氣結胚胎。可有石隱人，清風脱塵埃。待君一詢之，君去幾時回。蘿川稅君駕，蓮幕生光輝。

送六弟之黎陽

欲别翻無語，相看僕婢愁。倚裝時忍淚，出户怕回頭。風雨高堂夢，帆檣驛路秋。在家三五月，心緒話難周。已拚千里别，幾日到黎陽。霜草黏天白，河流齧地黄。骨奇成老態，金盡客他鄉。迢遞伾山路，梅花雪裏香。

寄于蓮孫茂才世蔭

一別又經年，鴻飛尚渺然。應添清夜課，可蓄買山錢。作客憐兒長，持家賴婦賢。秋風桂子熟，底事滯吟鞭。

天津謝公祠迎神送神曲公蜀人

杜鵑嘑兮蜀道長，欃槍照夜兮海天蒼。旌旗黯兮鼓聲死，大星落兮劫灰凉。流水今日兮血碧，風吹古壘兮雲黄。廟貌兮河上，祀事兮孔明叶芒。撞鐘兮伐鼓，豆登兮升香。我隍我城兮蕩蕩，我稼我穡兮穰穰。神之來兮我享，津之人兮樂康。右迎神

東望蓬壺兮海漫漫，南指箕尾兮夜將闌。神歸兮何所？靈旗轉兮連蜷。佩長劍兮御虎符，射天狼兮帶星弧。忠魂毅魄兮雜遝，馭長風兮前驅。蕭光兮若霧，車馬兮有無。念我故侯兮心煩，紆眷兹土兮其少留叶閭。欲少留兮不得，晴光滿兮雲衢。右送神

太常仙蝶圖爲徐生苑卿作

春風毷氉長安陌，草綠瀛洲煙霧隔。蹇驢席帽走紅塵，凡骨於今換不得。我聞太常蝶，遊戲壺中天。思之不見心茫然。徐生何處得此本，飄飄筆墨皆欲仙。風景人間等閒度，帝鄉日月無新故。塵劫都迷滕閣春，丹成還醉齊壇露。庫裏金錢莫浪飛，彩雲一朵仙風吹。翻恐仙娥騎入海天去，蹁躚遥集扶桑枝。一笑攜來沽水上，歲窮冷臥梅花帳。詩成擲筆十指僵，夢入漆園轉清曠。此時風雪滿長安，封題寄爾城之南。重摹繭紙即仙品時苑卿學畫，甯愁鶴俸無餘錢，時見屠蘇酒熟開春筵，黄衫飛下五雲端。

歲暮即事

歲事將更始，人心祝太平。唐花無冷豔，爆竹帶春聲。僕市延年酒，兒分祀竈餳。流亡仍滿目，幾日得歸耕。

嘉平廿六日立春作

打鼓祀句芒，家家度歲忙。幽居門不設，閒話日偏長。走筆償詩債，抛書覓睡鄉。何須占利市，春意滿斜陽。

爲徐竹士姻丈墀題沈存圃先生峻楹帖

舊聞沽上收藏家，遂閒張氏水西查。先生好古有別識，世多贗本空咨嗟。巾箱什襲逾瓊玖，許我縱觀飲我酒。論書未已更論詩，即今誰是斲輪手？欣遇齋中老謫仙《欣遇齋詩鈔》存圃先生著，騷壇遊戲八十年。人事奇愁擲身外，山川浩氣盤胷間。長吟短歌洩不盡，墨池揮灑如雲煙。顏筋柳骨未足數，上掩鐘王下虞褚。非矜變化脫蹊徑，乃自神明於規矩。市坊收得還居奇，我欲索觀氣先沮。先生手持楹帖來，滿紙琳琅照堂廡。挂壁相對無俗情，八字宛作東西銘楹帖曰「爲善最樂，讀書便佳」。芝蘭在室餘善氣，縹緗插架聞書聲。先生寶此足垂後，底事辨取絳帖潭帖勞神形。

秋日書懷

小窗落葉嫩涼天，老去何心耐俗緣。屋漏留痕成靉靆，書蟫隨意走蜿蜒。人非靈運難爲佛，詩學滄浪已近禪，別有清芬參妙諦，木樨花發晚風前。

晚眺

海燕低飛啄碧苔，小橋西畔獨徘徊。滄波隔斷斜陽遠，一幅蒲帆載得來。

南樓看雲歌

津沽極目無寸山，天光四垂澄夕煙。南樓坐嘯倚空闊，安得左環右抱面面排峯巒。軋軋天女機，繅出兜羅綿。是誰巧試巨靈手，眼前突兀成奇觀。一峯矗起一峯縮，一峯側出一峯複，幻作千峯更萬峯，峯峯亂吐墨芙蓉。墨花灑空散霞綺，峯蓮十丈殘陽裏。騎虹仙人海上來，踏破雲鱗鞭赤鯉。老龍驚舞盤長風，羣山併走虛無中。歕湧半天作波浪，混茫一色連西東。倒卻雲山變，雲海渾疑煙。蒼霧黑暗與，蓬壺通萬波。滉漾搖目睛，掉頭歸去天冥冥。細雨穿窗密如縷，一拳瘦石寒無語。

捫心自問圖爲華醒兮長治作

君不見，紅塵滾滾長安陌，軒車絡繹金張宅。勢傾山海氣凌雲，止有此心捫不得。先生自問無俗緣，芒鞵布韈歌閒閒，欲抛冷眼向何處，溪水如雲浮遠山。山容水態無新故，垂楊難挽流光住。澹遠都歸靜者心，成連海上鳴瑤琴。卻憐生人熱惱成痼疾，無術可與開胷襟。一卷方書繫肘後，幽篁深處逃名久。別有蘇髯醫俗方，非誇董奉活人手。相期世界變清涼，擾擾能如我意否。箇中許我多閒情，挑鐙夜話風月清。絮袍不讓狐裘輕，茶鑪細作蚯蚓鳴。披圖一笑萬籟寂，林泉占斷無人爭。何事曳裾挾策干公卿。

書懷

欲傾銀漢濯塵纓，大地甯堪撒手行。已識寬閒無我分，最難調劑是人情。柔絲作結知誰解？怪石當流總不平。昨夜夢魂向何處，半林黃葉木魚聲。

哭欒潤田茂才 霑

意外傳凶耗，始知君已歸。到家曾幾日，舉室竟何依。寂寞書生老，艱難作計非。槐花秋更發，墓道冷斜暉。

夏日聞雨

小園日落脫巾行，更喜微涼入夜生。隱約殘鐙迴短夢，廉纖夜雨作秋聲。幾家深院愁花落，何處高樓對月明。我自蕭然忘熱惱，臥聽殘滴答疏更。

久雨

雨昏疑晝短，雲重覺天低。乾鵲銜枝去，水禽上樹啼。居非辭塽塏，身豈患塗泥。惟欠蓑兼笠，扁舟泛碧溪。
瞥見殘陽出，晴窗事事宜，旋遮雲一片，散作雨千絲。漠漠凝眸認，瀟瀟入耳知。連宵聽已慣，又是上鐙時。

戴節母詩并序

節母滄州人。咸豐三年，賊入城。鄰媼勸攜兒匿他所，母謝之。媼去，投水甕中。兒以石擊甕，不能破，母遂死。

麻姑城圮長河沸，劫火燒空白日晦。寒泉一甕葬貞魂，等閒化作清涼界。孤兒抱甕喚不聞，四顧呼救虛無人。擊之以石甕如鐵，陣雲壓屋哭聲吞。吁嗟乎，賊騎盈城那可避，攜兒出走殊非計，長謝區區鄰媼意。

雪後冰泛戲題長句

流水無聲浩漫漫，指點虛無接銀漢。大笑乾坤澒洞何處著塵紅？冷入肺肝雙目眩。等閒渾欲隨飛仙，不帆不楫飄飄然。一牀穩坐擬春船，衝風短褐不知寒。千頃萬頃迴出夕陽外，但見飛鴻滅處漠漠天光圓。滕六亦解人，昨宵排雲駕。亂撒瓊瑤蔽空下，我來不覺冰骨堅。平鋪一紙銀光砑，篆耶籀耶鳥迹多。空明倒影癡龍訝。吁嗟乎，倉帝久不作，餘技何足豪。願得長繩繫取北斗杓，縛以大帚如柔毛。狂書飛白風騷騷。煙飛雲走爭遠勢，人間誰與榜而標？迴首疾呼明月上，無端更作非非想。試問素娥識字無？與爾換取清虛牓。全收大地入冰輪，聽擣元霜作細響。素娥不我顧，翻然歸去來，塡胷冰雪明幽齋。龍賓十二睨而笑，藜牀坐破幾見心顏開。

除夕得于阿璞光褒來書並見懷詩賦此卻寄

鴻雁來何處，飛上避債臺。避債之臺高崔巍，俯聽萬家爆竹鳴春雷。咄咄窮神送不去，翻疑神荼鬱壘門外竊竊歌于思。拍案忽大叫，愁城爲之摧。春鐙吐光彩，有如矢窮弦絕危，且急援兵突出重圍開。一勝便痛飲，酒星墮我懷。帶罌佩勺非俗才，濁賢清聖酣幽齋。不知今夕是何夕，陶然一醉忘形骸。管城歌、龍賓舞，迢迢麻姑城，君是騷壇主。好助吾軍建旗鼓。退之縛船空爾忙，子雲作賦究何補。窗梅笑我有天幸，坐使塵囂避酸腐。胡爲更向爨下歎焦桐，桐焦乃得逢良工。元氣結胚胎。條山詩人老作健，長風吹送新詩來。

次于阿璞韻

擬共移家水上村，伊人不見繫吟魂。愁邊柳色春無賴，夢裏梅花淡有痕。卅載嘯歌斑管禿，一廬風雪敝袍溫。依劉訪戴情何限，遙指條山倒酒樽。

附原作

陰雲明滅壓孤村，不見盈川欲斷魂。飛雪打春花有信，昏鐙漏紙夢無痕。煙中香裊心常熱，爨下桐焦尾尚溫。記得言歸京國日，論交東野共芳樽。

遣懷

栴檀薰透舊青氈，閒閲浮生又幾年。未到無家難作佛，第能免俗勝逃禪。水流雲淡自終古，蟬噪蛙鳴各一天。故我相隨惟硯鐵，何勞陽羨更求田。

數椽茅屋等行窠，吹到春風見太和。但得有生同省事，相逢何惜不高歌。紅羊殘劫驚心久，蒼狗浮雲瞥眼過。戎馬未來三徑在，當門老樹自婆娑。

河干晚眺

隔岸平蕪接遠空，偷閒小坐一窗風。河流不放斜陽去，亂捲晴暉盡向東。

午窗睡起即景

雷聲催雨過，日影破雲來。天上忙如許，人間夢醒纔。

溪上口占

夾城滾滾紅塵路，車馬喧闐不計數。蕭疏水國渺無人，一片閒雲自來去。

碧琅玕館詩鈔卷三

早起

殘滴檐際鳴，溼雲檐外宿。一掬晨氣清，流風灑疏竹。松花覆牆陰，蚓笛斷復續。太白謫仙人，靜坐媚幽獨。我欲觀衆妙，庭階雨新足。清景未可摹，微吟吸寒綠。

病中題齋壁

經卷藥鑪間，頹然晝閉關。長年忙底事，一病有餘閒。竹幻横窗畫，雲皴繞屋山。芒鞵成長物，坐看鳥飛還。

禽言二則有序

里中有媳爲姑虐者，恆禁制之，使與夫異室居，且日施鞭撻焉。一日創甚，仰藥死。婦死以怨姑，無可表揚，而情實可憫，感而賦之。

花外聲聲喚姑惡，洞房淚溼鮫綃薄。織女緘愁望黃姑，酸風吹散銀河鵲。辛苦日七襄莫遂，于飛樂姑惡姑惡。幾家嫁女説姑惡，恨事城南傳約畧。阿壻含酸阿翁癡，阿婆杖底驚魂落。鴆兮恰有情羹湯，更誰作姑惡姑惡。

春寒

東風料峭互陰晴，春草池塘生未生。鶯燕無聲人意懶，圍鑪煮酒過清明。

王烈婦王兆霖妻金氏

悽悽復悽悽，生死不相離。風吹月墮烏夜啼，泉臺咫尺誰阻之。上無舅姑，下無稚子。貧賤矢百年，君胡爲乎竟死？撫君盤中飧魂兮，不食哭聲吞。視君甕中酒魂兮，不飲生塵垢。妾獨何心，以飲以食。哀哀昊天，十日絕粒。望君兮何處？從君歸兮殯宮。信知生不如死兮，忍聽天末之孤鴻。

苦熱行

飲水如探湯，倚壁如負曝。舉足地如焚，脫巾髮如沐。羽扇甯無風，氣熱益煩溽。腕痛不生涼，少歇汗盈掬。當門坐小犬，舌𩑶喘而伏。炎日可一窗，疑焚柴萬束。滿擬清夜永，睡味黑甜足。室暗更溼蒸，氣閉不能續。老蠍緣壁來，乘間肆其毒。飢蚊大如蠅，營營飛啄肉。我無腰十圍，甯足果爾腹。焦灼深甕中，不啻酷吏酷。啓戶來庭院，袒裼看星宿。細碎如撒沙，計時月逢朔。雞鳴少清快，紅吐東邊屋。

後苦熱行

几席灼體愁不眠，火輪飛出扶桑巓。赫赫去人不咫尺，厚地之厚無寒泉。陸渾山火直兒戲，似此酷熱古無傳。不然神堯之世十日出，應使湯湯洪水立涸成石田。

何以錫玄圭，朝宗會百川。今日乃何日？戾氣盈大千。玄冥失威黑蛟遁，祝融肆虐朱鳥騫。鐵網千絲滯海底，沃焦石裂珊枝然。廣寒老桂焦不死，藥杵罷擣玄霜乾。橐籥鼓洪鑪，百靈裝炭赤雲皤。人生類蟲蟻，蠕蠕釜底同熬煎。況彼荷戈戍邊徼，東南瘴癘昏林巒。蝮蛇弔樹歕毒霧，猿猱喘息愁攀援。馬蹏踏地火光迸，鐵甲欲爍皮肉羶。土蒸草溼宿車下，何時一奏薰風弦。妄意中原足清爽，甯知天道無輊軒。風輪怒轉西連雪山北冰海，燭龍照耀摧其堅。恐是天地燒殘劫，尺封寸埵如柴燔。風輪怒轉銀河翻，雷車下碾雲波寒。傾盆白雨止一霎，太古清氣來無邊。嗟爾旱魃滅沒隨風煙，悔不僵臥墟墓間。東海太瘦生，睡起腹便便。披襟長嘯仙乎仙，封姨笑拈花枝偏。

秋郊即目

素秋淡無痕，一水鱗鱗碧。艇子去不歸，枯萍冷白石。冥鴻叫天末，不見泥中迹。西風迎面來，旋去入蘆荻。

雨夕對菊口占

愔愔小雨灑疏櫺，鐙影斜遮碧玉缾。自寫新詩消永夜，含毫念與菊花聽。

浮生

拋卻彈棊局，平陂總莫論。情多常近幻，才拙轉宜貧。苔篆空階字，花開陋室春。浮生休攬鏡，眼底歲華新。

輓酒人王春山

霜風吹冷糟邱臺，唾壺擊碎歌聲哀。酒星墮地月魄死，漫漫黑夜愁雲埋。王郎王郎，爾乃不羈之士酒中之狂，胡爲一旦玉棺飛下重泉開。觥籌慘澹生塵埃，慷慨奇氣安在哉！憶昔當筵歌落梅，歡呼雜坐無停杯。須臾客醉玉山頹，君更呼取大斗奕奕神彩飛。余旁睨視不敢飲，兩眼生纈耳鳴雷。正如齊楚大國登壇執牛耳，蕞爾鄭衛相趨陪。又如長鯨一吸百川動，山樽水沼光徘徊。酒酣縱論風雨來，忌我罵我何嫌猜。逼人生氣不可滅，佳城一閉迷蒿萊。同調更無幾，雙鳧去不回。願挹天漿酌北斗，徧隨春氣流埏垓。王郎，王郎，一醉黃壚，安知莽莽塵世飛劫灰。

暮秋海光寺雅集訪破庵和尚不遇

海水搖空綠用句，影落城南窪。城南有古寺，殿閣蒸雲霞。我憶參廖子，驅車訪幽遐。行行未三里，乃入梵王家。登堂不禮佛，漠漠香雲遮。御書柄日月，照徹空中花。翠華不再覯，霜野鳴哀笳。彈指去來今，欲雨空咨嗟。佛乃顧而笑，終日坐趺跏。容我蓮座下，歡宴嘲袈裟。參破玉版禪，大嚼飽魚鰕。詩僧渺何處，咫尺天之涯。

亭樹凝秋陰，一樓出殿頂。縱目最上頭，霜風豁酩酊。市地無餘青，低捲寒旗影。牧馬嘶空林，團營亘疆井。幽并豪俠子，使氣恆梗梗。何來載鬼車，賭勝互馳騁。狎處忘腥羶，顧之發猛省。長嘯拂衣去，一聲清磬冷。

徑曲行欲盡，花外竹扉敞。人語寂不聞，院小亦蕭爽。幽室三兩楹，懸壁僧伽像。或頎而袒臂，或瘦而大顙，或持牟尼珠，或倚赤藤杖。中有紫衣者，湘南吾素仰。

供奉入內廷，詩畫更無兩。天子詔賜衣，何如唐玄奘。雪笠詩亦好，卓錫振餘響。青蓮影碧天雪笠圓寂時有「一朵青蓮影碧天」句，無地著塵坱。我來越百年，臨風結遐想。題壁半先達，與佛同共養。乃見吾先人壁間有江都潘公同先叔祖思竹公訪雪笠和尚詩，曾此觀索餐。世結方外緣，白社今能倣。雲鶴歸來時，微言共欣賞。

僧邸輓詞

沽上移師日，旌旗黯澹愁。石難填碧海，星又落青州。八部悲猿鶴，三年缺斧銶。驊騮能念主，嘶斷陣雲秋。不作生還想，煙塵漲遠天。團營傳箭去，土室枕戈眠。殺敵朝忘食，追奔夜踏邊。鄉關輪轉急，弗請水衡錢。狂寇邀天幸，黃昏走敗兵。鼓鼙聲未絕，肘腋變旋生。馬革驚沙暗，旄頭入夜明。空留三尺劍，時作不平鳴。豈是招降誤，人心悔禍難。連村誰負耒，宿將又登壇。威望風雷肅，熙朝宇宙寬。賢王遺烈在，何日解鄉團。

嘲耳

口有不欲言，目有不欲視。兩耳獨何爲？因人致憂喜。達聰古之聖，爾胡無臧否？洗耳塵事空，爾胡居近市？訛言起跬步，風鶴驚魂駛。澤中哀鴻號，城上悲笳起。有聲無不聞，爾技乃止此。未語心搖搖，未視淚如洗。安得掩而走，枕石碧山裏。

放歌

映階怪石何崚嶒，移榻對之横以肱。放手删詩實快事，無意埽徑來良朋。大笑急澆酒數斗，狂吟潑盡墨一升。興酣把臂出門去，好尋退院黄髮僧。

感遇

眼底年華歌嘯中，閉門老卻斛斯融。田園荒後書囊在，山海歸來劍匣空。寒夜嘑烏空繞樹，長天退鷁且隨風。哀笳聲裏扶筇去，愁見河橋落照紅。

挂壁塵埋畫角弓，男兒蹤跡付詩筒。伊誰慧業參三昧，博得餘閒耐五窮。憶弟

妄思縮地法，依人權作信天翁。小園長物刪花竹，不羨蘭成賦筆工。

答孟小帆孝廉繼坤即步原韻

小住衡茅已白頭，人間何地覓丹邱。飛鴻又作經年別謂梅小樹，雙鳥今偏一處囚。

擾擾河山仍寇盜，堂堂旗鼓幾公侯。相逢怕作傷心語，笑指銀缾色不秋。

附原作

舌耕同似賈長頭，小隱何年共一邱。叢菊替人招酒客，冷齋如獄錮詩囚。空聞

艾獵爲廉吏，未必雲谿負醉侯。擾擾哀鴻方載路，硯田無怪不逢秋。

草草

草草逼殘年，心情止自憐。慮疏多簡率，俗薄費周旋。琴鶴誰高隱，煙霞屬散仙。笑余緣底事，局促甕中天。

初春憶晴嵐藹亭兩弟

暮雲無際鴈行斜，欲報平安感歲華。小徑融泥醒草夢，寒林向日脫霜花。詩吟白屋豪懷減，人隔黃河驛路賒。好趁新潮理歸楫，同披萊綵醉流霞。

講武廳火

霹靂一聲破晴晝，羲和阻轡愁天漏。插空萬仞湧黑山，罡風飄墮河之干。壓城咫尺無青天，砂飛石走搏紫煙。驚定走相詢，鬨傳徧城市。教場火藥胡自焚，流賊相慶居民死。河流狂沸昏塵埃，黿鼉焦爛鮫人悲。恐是昆陽夜戰風雨疾，萬家屋瓦橫空飛。道旁叢柩片片裂，到眼無有完屍骸。里胥火急報官府，絡繹車旗集水滸。

蛇盤虎翼風雲高，廣厦曾看建旗鼓。誰使紅羊浩劫一炬成焦土？賊蹤飄忽吹暮笳，倉皇幾日空咨嗟。將軍武庫焚蕩盡，又報水決城南窪。城南連營託水國，懸釜而炊炊不得。城西灰燼行人哀，遙見喧闐輿馬勘水來。

寄懷郭琴舫孝廉春瀛五十韻

風雨經年別，琴書萬里遊。夢虛孤館月，氣逼大河秋。憶昔論交日，全無涉世憂。趨庭慚紹述，共硯得朋儔。斑管毿毫禿，青箱蠹簡抽。思清君作健，學苦我如囚。灑落年俱少，疏狂氣自遒。尋春忘近遠，覓句每勾留。海接瓊樓迥，山藏柳墅幽。西沽桑落酒，南郭蓼花洲。芥子園荒後，蓮坡迹在不？空廊頽夕照，流水送行舟。詞客三生感，詩名一卷收。紅薑參慧業，豔雪鬬風流。過眼悲黄土，閒情問白鷗。明年遊泮水，共此勉前修。更得同羣助，因爲閉戶謀。槐花香北徑，桂魄賞南樓。孫楚詩千首秀山，欒巴酒一甌潤田。閬仙無礙瘦子貞，良史淡何求蓮孫叔侄。雅量推黄憲小林，新交拜郭侯筠孫。子真寒似水，我乃拙於鳩。連轡驅京洛，長途數置郵。簪纓成宦海，車馬集皇州。衣上塵初染，懷中刺懶投。登場森壁壘，操筆運戈矛。

奪險嗤懸布，爭先欲挾輈。堂堂開陣勢，正正建旗斿。一捷分先後，虛名總贅疣。
旋看春色到，屢爲落花愁。自笑才難用，誰憐命不猶。羨君能擺脫，作客切咨諏。
有子仍黄口，衰親已白頭。深憂家室計，壯志斗升羞。慷慨馮生鋏，淒涼季子裘。
世情殊水火，臭味判薰蕕。猱喜能升木，魚驚誤上鉤。人遥慚駏蛩，書到抵琳璆。
梁月思顔色，奚囊孰校讐。看山慵躡屐，謝客避鳴騶。星點明殘鬢，花光暈倦眸。
江淹才早盡，趙孟語偏偷。諸弟煙塵隔，中年樂事休。山中餘敗木，海上冷浮漚。
愧乏平戎畧，閒思擊壤謳。養疴涼夜永，感舊暮雲浮。何日開花徑，當筵鬭酒籌。
素歡曾御李，名士尚依劉。沽水波無際，邯鄲夢易酬。新詩如寄到，疏雨響庭楸。

悲遠嫁

駕車復駕車，巷口何喧譁？鄰家有女垂鬟髿，含愁遠嫁天之涯。郎君十五貌如花，阿爺作宰稱豪華。後堂羅錦繡，胥吏森前衙。黄金堆積恆河沙，一時姻婭聯葭莩。七香車小雪天賒，紅閨小妹空咨嗟。君不見，前村茅舍竹籬笆，生女止嫁東西家。壻能荷鍤婦績麻，牀頭弄子聲啞啞。傳聞新尹税有加，舊尹去種青門瓜。吾儕聚族老煙霞，有誰腸斷吹胡笳。

丙寅十月晦紀事

地軸搖動吼長風，飛廉横埽星河東。閉門瑟縮耳欲聾，陡驚一片鉦鼓鳴。出門急視詫失聲，火光燭地煙漲空。昆岡石裂飛火星，人聲騰沸咫尺中。詢之乃復隔重城，城北百貨萃其精。波斯載寶珊枝紅，月支五色玻璃鍾。冰綃捧出鮫龍宮，天吳紫鳳奪天工。廣廈千萬當要衝，長廊深樹塵濛濛。通衢如巷人如蠭，鐙火夜半耿天明。團團赤幟來無縱，火輪疾碾風輪輕。樂壺洞口走長虹，煙焰不辨皇華亭。石街竹巷如沸羹，赤雲滾滾朱鳥騰。迴飆怒捲燔青冥，高樓矗起祝融峯。新甫之柏徂徠松，拉雜摧燒成飛蓬。萬人雜沓搖旗旌，凌空激水聲隆隆。飛泉百道跳白龍，敗鱗殘甲嗟無功。十年生聚遭鞠凶，呼號震地天不譍。我欲排雲叩天廷，大言不顧神鬼驚。鏖而不征古之經，誰其亂之有常刑。胡爲一炬困此蚩蚩氓？嗚呼，胡爲一炬困此蚩蚩氓？

小憩

小憩來場圃，團焦納夕暉。背風花自落，掠水燕平飛。横野城如帶，高原草作衣。老牛同我瘦，無分著金鞿。

邑人王君侍姬袁氏本西河良家女流落後歸王君甘貧賤者二十餘年王君病歿遂殉焉詩以彰之王君名書字雪蕉

蘭蕙生廣澤，搖蕩愁春風。紉爲君子佩，白屋香融融。荆布豈云賤，膏沐好爲容。主人謝我去，跨鶴遊鴻濛。零落哀朽質，誓比南山松。百年會有盡，終恨重泉封。雙死憐鴛鴦，枯生慨梧桐。綠羽一杯酒，地下長相從。

高貞女

碧梧枝老霜華冷，花落年年覆金井。鳳凰生小不雙棲，百尺寒潭照孤影。蘭閨有女貞且嘉，許自平原處士家。早折萱枝愁白屋，歸來柳桁村名駕香車。香車穩渡丁沽口，掩抑登堂拜翁母。強攜巾帨乍依人，學作羹湯未爲婦。調羹捧帨換年光，採藥仙郎滯異鄉。秋水魚沈消息斷，空庭燕去雨風涼。阿母縫裳無寄處，阿翁扶杖追尋去。一去經年惡耗來，慈烏夜夜啼庭樹。鏡匳塵暗洗鉛華，冷落柴門白日斜。北堂待種忘憂草，小窗空對斷腸花。花枝泣露露沾草，草色長春春亦老。望夫石畔碧雲深，織女機邊銀漢渺。碧雲銀漢總悠悠，苦乏盤飧慰白頭。落葉添薪宵雨溼，牽蘿補屋暮天秋。自是精誠動鄰里，月計金錢日計米。暗垂玉筯倍酸辛，差可晨昏備甘旨。甘旨親調賦戾㾓，妾心淒絕母心知。那堪視藥煎湯日，又是驂鸞馭鶴時。雲母窗虛成獨活，一抔新土鵑啼血。女貞花下望行人，七十二沽懸素月。

秋霖

聽盡連朝雨，雲寒未肎開。壁殘全脫粉，院小半生苔。撲地炊煙沍，當窗暝色來。看書愁細字，兀坐對庭槐。

删詩戲成一絕

葉落霜林斂夕煙，春華別我劇堪憐。西風非是無情物，要看秋山瘦插天。

丁卯紀事

閒聽春城奏暮笳，東風送煖徧天涯。已頒陸賈鑾中詔，又泛張騫海上槎。治覩同文開館舍，人來重譯望京華。九齡老去封章在，暮雨瀟瀟宰相家。

大千浩刼莽煙塵，好向空王證夙因。廖落千村收白骨，莊嚴七寶鑄金身。西湖月冷松楸長，南嶽峯高殿宇新。但得共登歡喜地，寒燐衰草自生春。

無端感召勝蓍龜，雲馬風車破賊時。百戰勳名歸將帥，九重封號到神祇。河流決口沙成岸，火照空城夜守陴。何日甲兵全洗淨，嵩呼四海慶昌期。

海底癡龍睡未醒，扶笻野老涕先零。燒空日落雲常赤，捲地沙飛草不青。玉斝禳災煩祝史，熊皮逐疫出郊坰。王城自有甘泉湧，欲賦甘泉兩鬢星。

冬夜聽兒讀詩即以書懷

課兒寒夜永，慚愧作閒人。負米憐諸弟，分甘累老親。霜華蓬巷月，鐙火竹窗春。笑爾耽佳句，高吟一卷新。

午窗

吾愛小陽月，春生滿敝廬。徑荒啼鳥寂，窗午凍蠅蘇。遣悶吟偏苦，多愁病轉無。客來常不速，笑指酒盈壺。

夜話示弟

行路難如此，挑鐙喚奈何？豈真知己少，止覺負人多。放眼多空闊，平心耐折磨。夜雲消欲盡，曉日照煙蘿。

雪夜

朔風時一鳴，灑窗作細響。吹夢墮前村，溪橋斷來往。

大雪二首

奪盡冰霜色，寒光眼底生。萬花團作陣，一白浩無聲。欹枕絮袍冷，向人鑪火明。灞橋消息斷，何處踏歌行。

鐙火寒無焰，哦詩夜二更。人歸雙屐啞，月暗一窗明。南雁迢迢去，朔風獵獵鳴。空庭孤鶴語，天地太淒清。

寄懷杜蓮塘 官雲

隔斷煙塵路渺茫，離亭衰柳幾斜陽。歸來定有驚人句，雪擁吟鞭過戰場。

元旦憶河南諸弟

惆悵春歸爾未歸，聽殘爆竹曙光微。東風吹煖黃河水，莫遣煙塵夾岸飛。

正月十四日誌感

元宵冷落看鐙坊，烽火甘泉夜有光。未見島夷歸海外，忽驚回紇寇涇陽。春生故壘騰兵氣，雪盡平原拓戰場。翹首東南諸將帥，雄師聞道早勤王。

冊府頻年署戰功，驚塵千里信疑中。山圍函古連天暗，水咽黃河夾岸空。三輔村虛無宿草，連營鼙鼓動悲風。宵來未弛金吾禁，繞郭哀鳴有斷鴻。

堆鹽坨

堆鹽坨，河流東去無停波。地無青草不種麻與禾。家家饜粱肉，奴子曳綺羅。笑指玉山高峩峩。道旁一叟淚盈把，曾是當年鬻鹽者。

鈔關橋

鈔關橋上人如鶩，商船打鼓馬頭住。偷漏不愁長官怒。關吏來，鈔關開，榷算弄威福。雜坐半輿臺，長堤歸去飛塵埃。歸去對妻孥，妻孥笑相索。珊瑚枝大蠙珠白，今日放船何所得？

金烈婦 金慶蘭妻周氏

秋池萎芙蓉，夜窗嚎慈烏。霜天正淒絕，腸斷淚已枯。烈婦貴死節，孝婦能養姑。寒潭印秋月，生死無殊途。吾邑有賢婦，生小嫻禮儀。結縭隨夫壻，不怨季女飢。夫壻客長安，經歲又經年。一旦來惡耗，矢志歸黃泉。阿母前致詞，嗟吾已垂暮。縱無繈褓兒，豈遂棄吾去。婦聞益悲酸，欲語淚不止。阿母無次男，母在何敢死。忍痛還入房，照常備甘旨。不愿母心悲，但愿母心喜。飲泣背孤燈，綻補勞十指。晨昏幸無恙，終當相料理。驚風動高枝，夕陽無幾時。萱花遽萎落，偷生復何為。妾心古井水，妾命機上絲。勺飲不入口，今死故未遲。阿姊得聞之，入門泣相語。

吾亦未亡人，相憐賴有汝。汝復自為謀，更誰共甘苦。阿弟跪進食，乃復為姊言。一死明大義，誰敢謂不然。阿姑猶未殯，幸無絕粥饘。阿姊與阿弟，痛惜如一身。婦乃含淚謝，無為兒女仁。繐帷響悲風，朝日慘不紅。環視各無語，井竈黃塵封。忍飢越三五，就義何從容。貞魂依阿母，母柩尚在堂。堂左列楮帛，堂右羅酒漿。堂前設几席，香燭含芬芳。一一婦所置，見者淚盈眶。婦職於此盡，重為泉壤光。泉壤見夫壻，相見永相於。阿母顧而笑，此樂人間無。非是人間無，偏覺地下好。將化連理枝，生植墓門道。上有百尺條，下有徑寸草。仰答三春暉，春暉更不老。

聞警感賦

三輔無端又用兵，幾人闕下請長纓。當時賣卻龍泉劍，坐看妖星照薊城。

戊辰初春家九叔自賊中歸時客獻縣

雲淒風緊吹雪花，鼓鼙聲啞人無譁。妖氛不到幸苟活，離愁縹緲天之涯。天涯間阻半征戰，諸弟飢驅隔鄉縣。阿叔留滯古瀛洲，獻陵殿瓦刀光亂。腥風射城城欲摧，亂烽烈烈河之湄。含砂鬼蜮時出沒，踟躕四顧昏塵埃。問道而歸吁可哀。入門見家人，悲喜不能語。兩腳走已僵，面目漬塵土。牽衣稚子自可人，笑摩其頂轉悽楚。噫嘻！欒城地瘠當要衝，淵淵伐鼓來官兵。糧草告罄拔營去，縱橫賊馬嘶長風。呼號生死不相顧，已拚性命鴻毛輕。今得相見疑夢寐，恍惚猶見長旗紅。語餘顧我重太息，爾弟河南烽火急。雲影滿天雁北飛，歸來慎勿嗟四壁。

夜雨不寐

細雨人不聞，檐滴時一響。涼風釀秋心，春宵足蕭爽。挑鐙不成眠，一卷欣獨賞。曉起見微雪，熒熒黏戶網。

久陰

濃陰千里合，無術劚雲根。潞水波光黯，燕山雨氣昏。亂烽迷舊第，新鬼哭空村。何處悲笳起，蒼茫斷客魂。

晚泊即景

晚泊停橈水一灣，波流無際白鷗閒。平林貼地斜陽遠，寫出天邊一段山。

舟行

遥指津沽路，風帆未可收。濤鳴疑雨至，岸轉帶村流。檣燕窺行色，沙禽伴臥遊。旋聞人語鬧，晚市散橋頭。

將出都有作

驚沙撲面面欲裂，九陌喧闐馬蹏熱。柳車席帽歸去來，短刺懷中字已滅。刺滅空憐骯髒身，回頭上苑柳條新。鶯聲恰恰喚客住，他時好看看花人。

車中即目

橘槔聲不斷，軋軋送征輪。野樹低於屋，轅駒瘦似人。長途消白日，故國已殘春。村店杳何處，歸牛古渡濱。

黃雀歌

黃雀入我室，我室常苦飢。驚之不肎去，鼓翼向我嚬。一解。不踏缾中花，来飲池中墨。晛睆屢窺人，似欲共晨夕。二解。我乃謂黃雀，長林花灼灼，棲鳳亦棲鴉，胡為趨落寞？三解。黃雀以臆對，人苦不自知。飲啄求一飽，何問雲與泥。四解。窗前有修竹，竹影環窗綠。棲爾窗竹間，莫歎食無肉。五解。

客有談西湖者賦長句答之

東南山水天下秀，遊蹤不到無乃陋。有時見畫心顏開，山色湖光滿襟袖。有客有客過吾廬，挑鐙促膝談西湖。言之覼縷苦詞費，三休九折多模糊。君不見，尋梅不厭孤山孤。寒泉秋菊祀林逋。又不見，隄下芙蓉隄畔柳，蘇髯白傅相先後。別有琴尊教妓樓，清歌妙舞春復秋。爭說西泠松柏路，碧山影裏清溪流。槐火石泉更超絕，參寥衲子詩中傑。琳宮貝闕金銀臺，雷峯高矗天邊月。流風餘韻一一留人間，乃能妝點湖山長此無銷歇。不然觀水必觀星宿海，看山必到蓬萊巔。西湖山水芥蒂耳，胡為一觴一詠不啻仙乎仙。客聞此言乃狂喜：君未遊湖山，宛住湖山裏。別有邱壑羅胷中，底事扁舟棹煙水。客且勿語聽我歌，我家古越山之阿。百年遷徙隨行窠。沽水饒魚鰕，家家釀白醝。子孫耕讀老煙蘿，欲尋故國頭已皤。昔聞湖上波浪惡，今見海畔煙塵多。閉門苟活耽吟哦，東南十載殘劫過。碧燐白骨慘澹不可說，依舊棲霞嶺上古塚高峩峩。

蓮品舅氏招賞牡丹時同治戊辰四月也藭鼓乍息園花競開感春色之留人識餘生之可樂爰賦長句用申鄙懷

旌旗影裏春光老，花神驚走蓬萊島。忽傳一紙天外來，報道牡丹開正好。城頭昨日戰鼓鳴，園中今日花光紅。天公亦自惜春色，微雨一洗煙塵空。香風襲座燒銀燭，莫似海棠睡未足。舉酒酹花花笑人，頭巾腐舊白髮新時余禮闈報罷。主人大笑曰否否，花開花謝誰不朽？校成閬苑千卷書，爭抵花前一瓢酒。看花不必遊帝鄉，對酒翻愁說戰場。雕蟲小技成底事，長歌四顧心茫茫。主人藝花亦遊戲，聊向風塵豁心意。老來能挽兩石弓，興到空書方丈字。吁嗟乎，男兒出門感慨多，有花不賞將奈何？醉鄉浩蕩無風波，相逢莫遣韶華過。花如解語影婆娑，好為老眼慰蹉跎。醉折一枝夜歸去，城門欲啟吹海螺。

採蓮曲

水香風輭霏夕煙，游魚驚竄波紋圓。箇儂艇子向何處？碧雲深處歌採蓮。採蓮花弄影，照見明妝靚。低牽蓮葉作屏風，外人不見香濛濛。小姑打槳載花去，楊柳樓頭新月明。

夜坐

全抛巾履坐空庭，螢火低飛散若星。小樹當風自瀟灑，頹垣經雨漸瓏玲。敲詩慣聽蝦蟇鼓，對客閒評蟋蟀經。一枕遊仙人去後，涼蟾入戶不曾扃。

口占示僕

老僕含笑來，未識喜何事。代余覓巾履，云有貴客至。我履已無下，我巾久不具。我處隘巷中，安有停車處。少安爾勿躁，望望客將去。

憶弟 時客濬縣

憐爾清癯甚，艱難客異鄉。畏人愁作祟，嫉俗病成狂。有意安書幌，無錢起草堂。幾回向南望，風雨阻河梁。鄉書長不達，卜宅竟如何？索米黎陽市，衝寒瓠子河。蕭蕭黃葉下，渺渺碧雲多。遥想梁鴻廡，臨風自浩歌。

蠅

附热来庭中，營營朝至暮。秋风最無情，吹去不知處。

余館於同邑徐君竹士家窗下列數石余與共晨夕者久矣一日主人指石謂余曰此君家舊物也余聞之悵然退而賦此聊以誌今昔之感云

水以石而清，山以石而壽。余生閱今昔，惟以石為友。小齋足偃仰，修竹蔭窗牖。清風徐徐來，奇石列八九。想爾落塵世，劈自巨靈手。不作神禹碑，奇字磨岣嶁。不支天上機，光芒逼牛斗。秦皇不能鞭，徐衍不能負。怪爾無一可，與我周旋久。位置小窗前，意感主人厚。主人莞爾笑，此石君知否。吾邑昔鼎盛，曾為君家有。

余聞轉悽惻，安識園一畝。臺榭已塵土，林木備薪槱。石也獨何依，復恥風塵走。乃得賢主人，與余相先後。得句拂綠苔，徙倚加以肘。良宵醉明月，摩抄澆以酒。惟余老且貧，惟石頑而醜。世事隨轉燭，何物為瓊玖。歌罷石無言，臨風若點首。

書魏節婦傳後

不管年年杜宇嘑，碧梧枝老斷雲悽。綢繆風雨安巢穩，更少雛鸞傍母棲。

費宮人故里歌

思陵日冷冬青樹，三十六宮不知處。刺虎偏饒烈士風，阿儂生小津沽住。津沽東去接蓬瀛，津沽之北連幽幷。俠骨雄心出巾幗，蛾眉不鬭尹與邢。宮人入宮窘天步，倉皇九殿煙塵生。龍髯墮地攀不得，擬斬渠魁報君國。朱樓天半飛劫灰，綠水燕南斷消息。哀憤何心問母家，洞房夜宴鐙花碧。瞥閃霜鋒洞賊胷，瓊枝旋折燕脂滴。故園女伴感滄桑，曾見鈿車入帝鄉。機絲聲斷蓬門月，寶奩煙籠御案香。帝鄉翻作干戈藪，奇事驚傳泣阿母。暮雨波寒楊柳津，芳魂夜返桃花口。桃花零落柳絲飄，杜宇年年恨不消。輦路香塵埋碧血，家山斷碣入風騷。閒關過客停車問，社酒鄰翁翦紙招。執筆有誰採逸事，海雲縹緲蒼旻高。故國淪亡二百載，夕陽門巷依稀在。驀地驚塵賊騎來，珠沈玉碎何慷慨。慷慨捐生愁陣雲，更從沽上揚清芬。擣衣石冷悲風動，挑菜畦荒殺氣昏。翻嗟纖手難殺賊，不似當年刺虎人。君不見，昭君村畔羣山繞，曹娥江上月皎皎。千秋勝蹟屬裙釵，某水某山耐搜討。可憐西苑玉鉤斜，抔土埋香空蔓草。

蘆花

秋入詩心望眼賒，幾番洄溯賸蒹葭。已拚落去隨流水，不受人憐是此花。一枕涼雲漁父夢，半簾晴絮野人家。懺除綺語神來候，澤畔行吟日欲斜。

七里灘前暮笛哀，秋光萬點向誰開。更無過客停車問，時有幽人放棹來。澹泊已教清似水，孤高敢說冷於梅。霜風一夜聲如雨，垂老生涯傍釣臺。

征帆望斷隔音塵，獨立西風欲問津。雁落平沙煙漠漠，魚沈別浦水鱗鱗。迷將桃葉來時路，憶否梨雲夢里身。何處青衫驚歲晚，白頭江上未歸人。

霜華落後冷平蕪，浦漵蒼茫敞畫圖。豈有色香堪入選，別饒風味不嫌粗。寒沙點雪清留印，遠水含煙澹欲無。誰把白描天上筆，寫成秋思滿江湖。

附筠菴作

秋痕淺澹寫汀蘆，十里寒塘似雪鋪。灑脫不宜張錦幄，清狂止合老江湖。白頭易觸文君恨，青眼誰憐楚客逋。遙指一旗斜挂處，澆愁且覓酒家壚。

未須身世感飄蓬，玉立亭亭秀一叢。薦到蘋蘩皆小草，飛殘柳絮笑春風。重談往事悲商婦，解愛新詩有釣翁。兩岸蕭蕭餘故壘，大江淘盡幾英雄。

汀洲遙望鬱蒼蒼，獨具清標殿衆芳。秋水文章操白戰，春江花月讓紅妝。乘風直欲掀寒浪，礪節何嘗畏曉霜。雅合高人來卜宅，一般冷澹對斜陽。

蓮歌唱罷木蘭舟，冷煖曾經止點頭。盡洗鉛華饒本色，還從疏野擅風流。好留葭管吹陽律，不共芙蓉怨早秋。丰格翩翩羞濁世，凌空會與白雲遊。

附蓮堂作

不隨萍梗向天涯，皓首江湖度歲華。似此蕭疏宜近水，更無顏色亦名花。佳人遲暮文君筆，故國悲涼蔡女笳。到眼寒光渾莫辨，炊煙漠漠認漁家。雲鋪酒旗影裏亂斜陽，閱盡繁華水一方。已老秋心應澹泊，未昏天色總蒼茫。斷港常留迹，風入扁舟別有香。若與楊花分冷煖，笑他舉止太輕狂。曉月蓼豔蘋香滿水隈，肎將色相鬬芳菲。綠蓑磯畔霜偏重，紅樹橋邊雪欲飛。無聲催雁起，西風點首喚人歸。任教寫出江天晚，話到梅花事已非。半空蕭蕭占斷楚江秋，一夜霜風盡白頭。寶劍曾留窮士恨，琵琶難訴美人愁。疏影搖殘夢，幾縷涼痕付野鷗。絮果三生誰悟得，澹煙微雨渺汀洲。

附小帆作

曾向燕南泛綠漪，十三橋畔雨絲絲。風前揖我如相識，雪裏逢君竟不知。倦客心情殘柳外，斷鴻消息暮潮時。片帆西去煙波闊，手疊魚書有所思。似共不入離騷伴衆芳，鬢絲低影照橫塘。天涯有客悲搖落，海內如君信老蒼。

霜華沈浦漵，偶疑風竹動瀟湘。黄昏獨立無人會，回首春洲幾夕陽。

萬點蓬蘽兩岸苔，誰家篷艇水雲隈。多情卻被清波照，晚節能先野菊開。五夜壯心悲短角，百年深恨畫寒灰。竭來風味蕭條甚，擁絮鐙前句自裁。

詞壇星散我何堪，惆悵詩人葉景南前長蘆都轉葉筠潭先生曾有四律，一時和者甚衆。。肎爲荒寒留畫本，從無香色上華簪。碧煙苦竹沙千頃，紅樹斜陽水半潭。閲盡炎涼仍碌碌，錯疑飛絮逐征驂。

題潯江陳仙洲司馬重宴鹿鳴節略

早擅吳剛修月手，一官偏耐風塵走。小閲蟾輝七百四十五回圓，更向金粟枝頭一回首。迢迢桂嶺新著花，燕雲留滯東皇車。甘棠種偏烽火息，一曲霓裳醉紫霞。笑指瓊樓玉宇舊遊處，聯翩棣蕚並擷天香去公兩弟俱登賢書。

送邊質民孝廉守元航海之甬東

蠹魚冷抱書香死，寂寂白頭讀書子。數椽老屋東海濱，跧跼無由鞭赤鯉。孝先岸幘笑而起，男兒那得溷泥滓。滄波浩浩雲茫茫，一帆影落蓬壺裏。鸞凰叫空麒麟遊，芝草如雲爛不收。仙人招手三山頭，星冠霞佩非凡儔。君乃掉頭去不顧，鵬摶九萬長風遒。人間別有登臨約，之江更插塵中脚。四明狂客今有無，慈湖迂齋久不作。直將隻手激頹波，肎拾餘腥縻好爵。吁嗟乎，君之詩名滿浙東，我自窮愁愁未工。嚳巖動石不可見，青氈坐破寒生稜。午夜夢魂應遠出，好逐扁舟一葉浮青冥。

孟烈婦孟傳謀妻龐氏

緊彼烈婦，家有貞姑。隨之習鍼黹，少小同起居。一解。旋賦于歸，與姑別矣。復誰相依，惟娣與姒。惕惕中情，恐負吾姑之教兮。實作婦其伊始。二解。菽水盡歡，以日以年。相莊一室，人無間言。何共貧賤者，四載遽喪所天。三解。天冥冥，風颯颯。忍慟羅酒漿，椎心已絕粒。回首萱闈，霜枝已摧，更無弱息，胡弗同歸。四解。

蠶絲盡而仍連，曇花枯而未墮。惟茲冰雪肝腸，偏無借於煙火。清泉一甕。何泠泠兮，幸幽魂之可妥。五解。貞姑聞之，泫然涕零。是何汝之不幸？實玉汝以有成。六解。噫嘻烈婦！願化連理枝，不作獨生草。寂寂女貞花，自向幽窗老。七解。

題梅小樹紫塞鴻泥唱和冊

吟鞭遙拂萬山開，思入風雲匹馬來。遼絕一州界中外，森沈幕府正需才。
從容贊畫推公孝，漂泊依人感仲宣。一曲陽春誰與和，寂聊風月住蘿川。
賴有徐陵是故人，幾時來踏塞垣春。自從彌勒同龕後徐壽莊副轉就養於蔚州尉署時養痾彌勒院，淡對梅花迴絕塵。
半生北轍與南轅，誰向鴻泥認爪痕。記取五台山畔路，詩名終古勒雲根。

碧琅玕舘詩鈔卷四

沽上櫂歌

桃花水煖長魚苗，曉市浮梁宿霧消。大沽打槳小沽賣，葉葉蒲帆趁晚潮。

蓮花泊裏駕輕舟，蓮花卸瓣天欲秋。挂帆估客勝芳去，笑指汀蘆初白頭勝芳多以織蘆席爲業，津人時往販之。

秋柳鳴蟬便面

綠楊深處咽琴絲，獨抱秋心訴阿誰？記得輞川圖畫裏，有人倚仗日斜時。

放蝶詞

羅浮夢斷香雲冷，洞房深鎖翩躚影。扇底驚魂歸未歸？香鬚悄撲紅窗靜。垂楊門外悵斜暉，落絮無聲空自飛。宿粉初退可憐瘦，鉼花分豔渾不肥。淒迷愁把芳春誤，幾回驚起飛復住。纖手輕拈出畫簾，梨雲一朵風吹去。採芝仙子凌碧虛，遊絲難縶青霞裾，侍兒偏自解人意，繡譜偷描鳳子圖。

題于蓮孫茂才登岱詩冊

讀史不讀封禪書，金策玉簡無時無。誦詩喜誦梁甫吟，千峰萬壑流清音。愧我埋頭老牖下，洞天縹緲生遐心。無端雙舄來天外，顧視一洗書生態。獨凌泰岳五十盤，併入胸懷作光怪。朗吟絕頂白雲驚，秦松漢柏齊作鸞。凰鳴恍疑碧海長，風作大浪又疑稷。邱道士，彈枯桐。猿鳥相錯愕，巖岫空巃嵸。擲筆天門訴真宰，帝閽不顧無由通。掉頭長嘯下山去，默視齊魯青濛濛。歸來一卷擲我讀，聲出金石振瓦屋。浪遊海內無知音，飽看名山得非福。君不見，李斯石，磨崖碑，星霜剝蝕生苺崑崙之筆大海墨，雕鎪造化分胚胎。抑塞侘傺何爲哉？崢嶸日觀雲煙開。奚囊低挂扶桑樹，滿貯峰頭萬丈紅霞來。

苔。其餘勒石記功者，千八百處空疑猜。詩人槁餓獨不朽，姓名照耀金銀臺。

西沽紅橋秋眺

漁笛聲中送晚潮，西風衰草小紅橋。沙平帍雁棲初穩，水落魚龍靜不驕。豈有青山留客住，卻憐霜葉逐人飄。炊煙漠漠渾無際，迴首重城入望遙。

遠近人家隔碧汀，憑欄獨立嫩寒生，一條柳桁誰沽酒？三月桃花憶賣餳。山色迢遙瞻北極，波流曲折接東瀛。敲詩未就偏多感，更上長堤躡屐行。

蕭蕭故壘莽煙蕪，海上驚濤息得無。落日荒原曾牧馬，疏林短堠有嘑烏。風雲慘淡餘兵氣，蘆荻微茫入畫圖。記取孤懷憑弔處，河流直北是皇都。

幾度橋邊折柳枝，無端雙鬢欲成絲，閒看車蓋馳驅路，淡對鷗波瀲灩時。爭渡人聲喧別浦，颭風旗影出叢祠。有誰題柱留佳話，極目寒天畫角吹。

和沈雲巢先生詠蟬原韻

柳色何心問永豐，一枝偶寄淡煙籠。來從小劫塵氛外，占斷諸天露氣中。縹緲琴絲成別調，蕭疏鬢影感西風。欣逢前度聽鶯客，寫入新詩韻倍工。

八月十五夜宴華氏園林

星宿滿天羣木黑，預洗清樽廠華閣。爲底冰輪出海遲，招邀欲遣東飛鶴。一聲長唳清光來，滿園花竹蒼煙開。登樓庾亮動幽興，泛渚袁宏非俗才。詩懷杳與高秋迥，秋光潑眼看斗柄。清虛之府面面開，烏鵲掠破山河影。怪爾顧兔如許忙，丁丁玉杵擣玄霜，桂子驚落飄天香。階前化出枝幹長，還愁翦伐逢吴剛。主人爲我酌大斗，好景今宵未曾有。百年幾度得高歌，四座相看成白首。可能醉向瓊樓高處乞取蝦蟇丸，大家一駐衰顔否？

落葉

落葉不到地，隨風過短垣。詩痕無覓處，片月掛黄昏。

小園即事

雲容欲變秋，餘熱未全收。一葉催詩早，疏花爲客留。投壺原近戲，看畫記曾遊。時覺葛衣薄，窗邊暮靄浮。

過劉蓮圃茂才西郊別業賦此留贈

頓覺塵勞息，生涯水一方。客稀花作伴，地僻柳爲牆。小坐紙窗煖，時聞階草香。東籬幾叢菊，相約待重陽。

自題詩卷

閒收故紙伴青氈，敝帚千金止自憐。對客有時傳座次，望塵未許獻車前。光圓頂上知何日？火候爐中不計年。付與蠹魚藏篋底，芸香消盡任鑽研。

雨中過花隱菴賞菊留贈花隱主人

小雨愔愔濕秋色，吟魂縹緲收不得。陶家籬畔好花枝，今朝未許寒香勒。東坡笠屐今有無，清風送我訪幽居。蒼蘚半階愁滑澾，黃花繞座足清娛。主人愛花甘作奴，朝灌夕溉忘飢劬。衆香國裏容小隱，門巷曾無長者車。箇中許我有同好，西郊南郭恣遊眺。我今冒雨踏踏來，籬犬驚吠花含笑。小阮殷勤滌酒瓢，老婢蹩躠安茶竈。茶香纔歇飄酒香，花枝點首勸我嘗。主人酹花先飲客，雨聲淅瀝鳴空廊。對雨覺花寒，賞花兼賞雨。細酌不知日過午，沈沈暝色侵窗戶。權把花鄉作醉鄉，詩成亂擊花奴鼓。主人擁褐醉欲眠，我亦歸去掩柴關。明朝有酒好相待，烘窗日煖花爭妍。

己巳歲杪郭琴舫歸自邯鄲華問山歸自都門于蓮孫歸自山左喜而賦此

春風海上來，良朋天外至。缾梅昨夜一枝開，替人預作聯吟地。晨起小步石橋東，折巾者誰郭林宗。更訪幽人曲徑曲，座中華子清不俗。二子與我別經年，相逢意外真奇緣。卓哉良史詩中仙，胡不同賦歸來篇。暮返蓬盧花馥馥，空庭人寂聞剝椓。開門大笑驚四鄰，入座高談動五岳，從此日日相追尋，蕭蕭白髮迎新春。青鞋布韈市兒笑，狂歌酣飲天公嗔。大風捲空老樹吼，未許共肆談天口。豈料騷壇興轉豪，輕披鶴氅風中走。天公怪我頑，亦復憐我顛。風伯怒已息，但聞歌笑喧。翻惜飢軀人未返，春鐙影裏南鴻遠時舍弟客河南。

東海有迂叟

東海有迂叟，遇事招訾毁。時窮才更窮，仰天忽祈死。我乃笑謂之，此願太奢矣。人死歸大化，其樂難屈指。鬱鬱起佳城，浩浩來蒿里。耳不聞追呼，目不覩詐詭，身不與升沉，心不識憂喜。妻孥不我訕，友朋不我鄙。萬短皆可原，一長或挂齒。頓覺塵網開，好逐風輪駛。輕棲草頭露，平踏煙中水。手把棠棣花，嘯入森林裏。縹緲望蓬萊，神仙猶是耳。世緣苟未盡，何由遽來此。叟聞默不言，猛如受鞭箠。府首出門去，營營更無已。

無端

空庭賸有離奇石，爭得情懷似石頑。一日幾回呼負負，百年能否賦閒閒。臥牀孺仲憐今我，釀酒淵明戀故山。笑看營巢檐下鳥，無端飛去又飛還。

人日作

天末雁聲遲，春來冷不支。且斟人日酒，誰寄草堂詩。瑞雪經冬少，寒風鎮日吹。半規新月上，又是踏鐙時。

小坐

撥開煨芋火，小坐有餘溫。身健且裁句，家貧常杜門。淡巴菇作伴，秦吉了能言。知有春風過，窗前竹影翻。

上元大風口占

日色侵窗白，風痕壓地黃。幾家小兒女，猶爲看鐙忙。

袁隨園詩有三君容易八廚難句余戲借其意而申之

推解高風豈盡無，枯魚何處覓珍珠。吾生但學安貧法，不識人間有八廚。

庚午仲春大雪

去冬苦無雪，春來苦多風。土膏不動麥苗死，千村萬落黃塵封。側聞桑林盛祀事，精誠自古能感通。夜來微雪不盈寸，杲杲寒日生於東用句。更越三日日在午，排雲滕六出奇功。混茫萬象無界畫，歐蘇禁體難形容。乍疑玉龍啟蟄銀海沸，浪花細碎飛長空。又疑天河波涷涷欲解，冰澌碾出風輪中。句芒急起布春令，鞭絲直拂牽牛宮。撥轉陽和報青帝，收回玄律還碧翁。瓊田浩浩待耕作，時見幾枝園杏紅。笑我負郭之田早賣卻，臥聽檐溜聲琤琮。

簡滄州于阿璞茂才

中條山下春波碧，麻姑城頭秋月白。春波秋月共清新，遙知中有幽人宅。幽棲寂寂長苦吟，天風吹下空中音。湘娥泣竹汎瑤瑟，海客乘風調玉琴。放眼塵寰幾同調，抱詩過我資嘯傲。飛鴻一去杳難尋，載鶴重來詩更妙。鈔詩還喜有佳兒，新染芹香筆一枝。爭奈風雪挑鐙夜，又是驪駒在道時。蓬巷泥痕遊子屐，溪橋行色酒家旗。酒旗宛轉留人住，一鞭徑拂南雲去。南雲飄墮古滄州，楊柳青青思婦樓。細雨簾前飛紫乙，香風花下鳴栗留。簾前花下春似海，歸來書劍壯心在。轉盼霓裳會衆仙，素娥遙倚雲窗待。君向長安攀桂枝，我居海上垂釣絲。夢裏騎鯨訪君去，扶桑日出聞天雞。相思不見空洄溯，日索枯腸無好句。子壽飛奴幾時來，碧雲遮斷津沽樹。

小隱

清溪迴抱亂峰斜，白板雙扉處士家。別館輕陰迷柳絮，小樓明月夢梨花。村尨不吠看雲客，林鳥還驚問字車。偶爲探奇忘近遠，石梁盡處飯胡麻。

自述

寂寂蓬盧放眼看，歸來長鋏不須彈。亦知天上成仙易，已落人間免俗難。妻問米鹽朝日上，客詢婚嫁夜窗寒。而今種得吟風竹，乞爾清陰獨倚欄。

蓄得隃靡子細磨，幾年風雨長煙蘿。非關避世身常暇，未到忘情累總多。瘦比枯松應化石，淡如流水亦生波。偶將棋局消長日，錯意旁觀爛斧柯。

夜歸

歸來薄醉認柴門，夜漏將殘月色昏。剝椓數聲人不應，惱他小犬吠籬根。

庚午津門紀事

無端世局又翻新，蒿目何堪問水濱。魚鮪相驚愁故穴，鯨鯢狎處據通津。欲逃聞見疑無地，雅意澄清合有人。卻愛乘槎天上客，銀河清淺隔囂塵。

閉門空抱杞人憂，無復行歌汗漫遊。聖世訛言原有禁，生民患氣未全收。車前多士攀轅訴，竈下庖丁借箸謀。自古黃圖隔中外，願窮滄海作鴻溝。

蜃氣樓臺變滅時，鑾花犵鳥共驚疑。河山仍作衣裳會，士女空歌板屋詩。執法有人真健者，銜冤幾輩盡孩之。東山謝傳來何晚，著手偏逢打劫棊。

盧節母詩

胥山高復高，沽水清復清。賢哉盧氏母，兩地同儀型。一解。吾聞盧母，既笄而髽。

何以爲養？日績其麻。何以撫孤？俾克其家。此爲節母者類然，何獨於盧母而咨嗟？二解。母籍江東，歸我盧公。盧公南北隨飛鴻。一旦歌寡鵠，中路失其雄。三解。江雲滅矣，江月缺矣，懷中呱呱，肝腸裂矣。魂兮入夢，醒隔千里。感似績之式微，止有此子。四解。子嘑索母，甯知母悲。千里咫尺，云胡不歸？汎汎孤舟，載沈載浮。朝潮夕汐，淚血交流。五解。歸來四壁，杼柚其空。風淒雨晦，書聲紡聲。問遺孤，其何託嶄然頭角，旋抱璞而貢王廷。六解。臣在官，臣有母，歸故鄉，綵衣舞。母德之光，母節之苦，人生缺陷天能補。七解。霜風吹折慈竹寒，雲輧縹緲還碧天。聞者太息，母則曰不然。吾責幸已畢，可去同黃泉。八解。多士獻詩太史書，策挹瀛津之流勒莫鳌之石。石可爛而海水可竭兮。其不與俱者，緊惟節母之遺則。九解。

題杜蓮塘詩集兼以書懷

與我忘形久，傾談感慨深。那能三日别，共此百年心。得句走相告，避人長苦吟。識途慚老馬，何以答知音。

題畫

數點殘荷綴粉紅，乍涼天氣換秋風。吹來一片梧桐影，恰在蟬聲斷續中。

一籬秋色印寒沙，風味柴桑處士家。不耐騎驢城裏去，屋南山下踏槐花。

誌感

大道久淪夷，人心嗜隱怪。再變楊與墨，其禍乃益大。孔握春秋筆，孟辨禽獸界。天地默無爲，斡旋元氣内。卓哉韓昌黎，繼起有唐代。惟時習佛老，横决隄防潰。原道接六經，頓使息其喙。閩洛闡微言，長夜無晦昧。根株未遽盡，枝蔓難爲害。奈何凶燄張，又出二氏外。揎碎蓮花臺，掀翻丹砂竈。打斷牟尼珠，杜塞玄關竅。本以邪驅邪，實以暴易暴。搔首問波臣，誰與通荒徼。拳拳兩鬢紅，眸子眢而眊。腥風煽中土，幻説亂衆好。修到天可階，藏穢地成窌。嬰兒戀姹女，煉作爐中料。駢骸血肉盡，烏鳶空叫嘯。機械誑鬼神，流毒及學校。白日寒無光，樓臺金碧耀。

祝融駕風輪，赫赫長空走。雲垂朱鳥翻，雷震燭龍吼。炎官起義師，玄冥坐袖手。傑構邈雲漢，摧拉等枯朽。穴地幽復幽，一炬滌羣垢。鬼伯伏顯誅，駢首泣鬼母。餘孽釜底魂，誰作逋逃藪。大哉造物力，羣生脫枷杻。記時月在午，陽明射豐蔀。爲政猛濟寬，火烈占大有。上帝行策勳，允爲功之首。長垣四星動，憤欲鼓其舌。祝融胡不仁，敢使中外絕。排雲叫天閶，亂常罪難活。帝曰咨河鼓，汝建將軍節。嘉汝位中台，汝其罰無佚。再拜稽首言，炎官實失律。科罪謫遠方，波及箕與畢。餘孽復蠢動，諸天空咄咄。東海草莽臣，十年蓄寸鐵。淬以泗水波，礪以嶧山碣。無分封鯨鯢，韜光鍊冰雪。一夜夢魂出，凌風貢帝闕。

月明林下美人來便面

姑射仙人冰雪姿，碧天如水影迷離。當年一枕羅浮夢，記取參橫月落時。

辛未入都門

臺築黃金迥入雲，是誰駿骨煥龍文。近城春樹無村氣，貼地平沙疊水紋。外囿渾忘麇鹿禁，賢王大閱羽林軍。關心明遠樓頭月，看爾光圓到十分。

春闈報罷

蕭條詩卷鎮相隨，騷首風前鬢已絲，豈有文章能奪命，從知英俊易逢時。鵑唬落月春無賴，馬戀殘芻骨不奇。幸際中興慚作頌，歸來還著老萊衣。

婁烈婦 婁舉正妻王氏

嗚呼婁烈婦，琴瑟人間苦難久，此去黃泉永相守，生人離恨復何有？鹿車共挽三五秋，一門娣姒無怨尤，承歡二老初白頭。霜風吹冷雙梧桐，一生一死春華空，寂寂更無雛鳳聲。那忍紅塵復少住，眼前不識黃泉路，紙錢風颭靈帷暮。阿母家隔城東西，殘鐙照壁烏夜嚎，翩如阿女來依稀。真非真兮夢非夢，侵晨趨視駭且慟，柔腸隱墜金環重。捨生心比金之堅，同穴人比環之圓，始信天上非人間。誰其記之拙安叟沈雲巢方伯晚年自號拙安，徵詩海内誌不朽，鬚眉有此奇節否？嗚呼婁烈婦！

夜坐口占

檐樹起霜風，長吟寂寞中。茶煙拖枕白，鑪火背鐙紅。問字看兒讀，評花與婦同。夜分寒不寐，鄰柝響西東。

除夕寄弟

又作經年別，悤悤到歲除。離懷空復爾，旅況近何如？可有迎春酒，應多索債書。癡獃無賣處，只合守蓬廬。

述懷

瘵貧苦無術，廉者貧自安。豬肝不肎受，令我發長歎。苟且就所便，圖報良獨難。寒蟬弄清風，秋蚓吸黃泉。所如苟不合，伐檀在河干。不疑豈盜金，乃爲盜金者。償之弗與辨，此疚孰相假。歸來同舍生，謝過傾玉斝。片語辨其誣，神情益瀟灑。旦夕急自剖，轉恐聽者寡。

楊柳枝詞爲蓮塘作

曾向風前試舞腰，眉痕淺淡不勝嬌。依稀柑酒聽鶯處，花雨一溪紅板橋。
雨雨風風長碧絲，惱他紅藥號將離。旁人爭說腰肢好，曾否年華似昔時。
美人底事隔雲端，一縷柔情欲訴難。莫向章臺問蹤迹，碧苔深院倚闌干。

久雨書懷

杜陵茅屋，秋風破之。屋破不葺，抱膝哦詩。我有敝廬，困於雨師。壁穿如鑿，竈溼滅炊。茂草挂簷，墮瓦投階。避漏移牀，決水穿籬。院小若甕，泥痕沒輮。抱書偃仰，婦歎兒嘑。

一雨十日，積潦無涯。柴扉半圮，風吹浪花。缾無宿酒，庭有鳴蛙。故人念我，疑化蟲沙。折簡慰問，門不煩撾。爲報故人，毋爲咨嗟。短籬臥水，補以蒹葭。俯檻捉蟹，當階撈鰕。傲彼志和，泛宅浮家。

大雨行

黑雲壓地水拍天，老龍掉尾銀河翻。五日十日失昏曉，波沈萬竈寒無煙。東家屋壓西家屋，婦孺雨立哀哀哭。舉足方愁地軸傾，驚呼陡覺天心酷。大風捲海聲西流，龍王欲作城中遊。急雨橫飛白羽箭，長河已決東隄頭。城中之水爭欲出，城外之水爭欲入，兩水相激怒不休，驚濤倒射城上樓。雷鞭更促青虬駕，馳驟不覺寰區大。下吸江河走碧空，白浪茫茫儘一瀉。太息一城大如斗，那堪據作蛟龍藪。衝破千村更萬村，人家屋上縱橫走。君不見禾穟穟，黍油油，化爲荇藻波中浮。昔時苦旱今苦雨，淺者沒隴高沒邱。赤子戢戢生魚頭，恨不牽屋隨行舟。遙望城中去無路，水來猶得城上住。

祈晴謠

祈晴祈晴縣官來，隨車之雨，胡爲成災？新租且報免，舊租何由催？空村没水鳥雀哀，頑雲不動無時開。

祈晴祈晴太守來，雨師灑道，四無纖埃。小胥張雨蓋，屬吏相趨陪。爇香再拜雷聲催，軒軒五馬踏波回。

喜晴

淫霖閟陽光，大地波中没。恨無倚天劍，雲根儘一割。羲輪碾破之，秋高天宇豁。我起坐小窗，四體沈疴脱。科頭晞短髮，小樹亦清越。曬藥檢舊方，曝書理散帙。弄影花一籬，向明屋十笏。飛霞烘遠天，呼兒看新月。作誓勒山骨，即此閉雲窟。無望我稼同，差免洪波汩。人得平土居，蛟龍不能奪。

城南泛舟

去郭無半里，相攜泛野航。遠村浮水出，衰草偃波長。迴棹邀行客，揚帆障夕陽。塵纓誰共濯，聽我賦滄浪。

觀水

到眼桑田改，魚龍氣未馴。愧無濟川術，可有問津人。比歲驚烽火，滔天洗劫塵。團焦流不去，猶得坐垂綸。

流民四首

未飽黥鯢尚有人，田廬回首付波臣。相依野艇渾無岸，可有浮梁更算緡。兵燹餘生皮骨在，陸沉遠道雨風頻。老蛟出沒哀鴻叫，夜冷濤頭閃碧燐。

百結鶉衣冒雨行，津沽迢遞問前程。得逢乾土方成活，轉念歸途悔尚生。佛殿無僧棲敗寺，女牆掛月住荒城。還看幾處炊煙斷，墮瓦殘甎咽水聲。

他鄉庚癸向誰呼？錯處千家淚欲枯。戚戚眼前兒女在，茫茫身外水雲鋪。黔敖捧食嗟來未，鄭俠監門繪得無？興發幸叨仁者粟，殘生甯復怨泥塗。

淒涼片席障西風，薄煖時分晚照紅。敗絮寒生秋色裏，故園夢斷水聲中。已聞康濟勞心久，未免流亡識數窮。瓠子歌成沈白馬，龍淵何日起新宮。

獨坐有感

淒涼舊酒缾，相伴坐閒庭。秋老壁苔紫，雨餘檐瓦青。哀鴻空自叫，鄰笛那堪聽。賸有頹垣在，雙扉夜不扃。流亡何日返，露處不勝情。人語朝成市，水聲夜入城。萬千須廣廈，俯仰愧吾生。瑟瑟西風急，空階負手行。

五十初度

碧海鯨波息得無，尊前翻愧說懸弧。功名幾輩推翁子，詩卷何人識達夫。灼灼花枝留色相，蕭蕭霜點上頭顱。閒居惟愛春暉永，不見驚塵到敝廬。

雞犬都含太古情，歌詩擬續董生行。曾聞分痛還求艾，卻怪封侯號頡羹。羈客梁園書未到，全家沽上月同明。阿戎阿買添清課，收取年華付管城。

擾擾同登傀儡場，何須放眼閱滄桑。人間容有埋愁地，海外空傳不死方。自笑磨驢循故步，肎隨鄰女借餘光。梅香竇臭知誰是，臥聽幽禽噪夕陽。

買宅無資況買鄰，數椽茅屋耐囂塵。居原近市何嫌俗，學未全荒不算貧。巷口喜通沽酒路，門前可有聽經人。批風抹月關何事，好與書蟫作後身。

書生半已賦從軍，老我寒窗悵失羣。盾鼻墨濃誰作檄，牀頭氈冷尚論文。拋將藥裹神偏暇，乞得栴檀手自薰。幾日邊城烽火息，閒階望斷暮天雲。

記得扁舟別故鄉，煙波烽火總迷茫。管甯此去真逃世，潘岳無端又悼亡。華表鶴歸城郭在，瑣窗花落雨風涼。而今重憶停橈處，夢斷芙蕖十里香。

瑣碎何心問米鹽，蕭然鎮日坐垂簾。檐茅未翦春長駐，硯鐵空磨筆不銛。諒我有人甯是福，謀生無術自能廉。年來聊作求錢計，萬頃詩牌信手拈。

喜得朋儕集兩三，風飄榆莢落書龕。事如春夢憑誰喚，人有閒情便可談。道上驊騮空冀北，雲中雞犬説淮南。任將誑語稱觴祝，爲宦爲仙總不堪。

北城樓火

舊聞父老話奇事，雍正四載南城災。火藥怒發走霹靂，一城煙漲爭喧豗。欒家節母守破屋，熊熊火柱穿窗來。屹然負牆不肎出，門外狼藉駢屍骸。譙樓飛落扶桑外，火輪直碾滄溟開（有海舶來，云是日見大木落海中，火光猶熊熊也。）。眼前不見飛劫灰。年來亦復苦兵燹，崇墉仡仡高不危。乍喜煙消烽息豺虎死，旋見濤奔浪駭蛟龍馳。四門水溢少乾土，大家懸釜城頭炊。爲嚴火禁遣之去，日見守城健卒羣遊嬉。破空一震不知處，血雨迸落三光墮。吁嗟乎，南樓燬後朱鳥伏，北樓更以玄冥之水坐鎮之。胡爲炎官熱，屭煽凶燄黑，螭焦灼如鑽，龜奇災再見。更慘烈當年，枯骨愁泉臺。行人蹙額向余說，哀樂倚伏理無乖。日前輦集火藥貯樓上，千夫奔走長河湄。向夕告休且賭酒，刁斗無警燔其柴。余聞此語浩然彌哀。灰燼滿目得無死，時覺天跳地踔昏塵埃。

天津賑恤行 院試題擬作

堅冰币野號朔風，災黎如蟻爭入城。詔書下逮春融融，孰云荒政全無功。歲能殺我官生我，移粟移民急於火。杜陵廣廈白傅裘，詩人志大事終左。長官爲之無不可。連檣轉粟來江東，嗷嗷待哺多哀鴻。鶉衣百結不遮體，涕洟交墮飢腸鳴。兒嗁婦歎坐廡下，十步九倒號市中。强乞一錢易糠餅，頻遭訶叱還吞聲。忽聞詰旦開粥廠，忍飢共待朝日紅。嗚呼皇仁極高厚，誰司其事籌已久。男女別以區，少長計以口，一勺腹果然，餘者挈而走。淘汰其粃糠，弗私其升斗。被之以絮衣，益之以鹽韭。病者飲以藥，死者棺以柳。荒村僻巷無或遺，雪緊風淒孰肎後。更闢官私廬舍千萬間，曾讓大宋賢相鄭公否？吁嗟乎，食蘆菔採凫，茈竹花木酪。空爾爲國家，愛民豈小補。一一沁入人心脾，觚生奮筆忘其飢。作書告河伯，兼以示雨師。狂瀾肆虐技止此，我皇登而衽席之。大哉一卷康濟錄，偏災雖告民熙熙。

城南觀水

咫尺城南路，驚濤入市流。水多嫌地仄，村小帶煙浮。歲事傷新稼，生涯託敝舟。向來樵唱處，一一起沙鷗。

水西莊決口

倒卷長河沸，翻空白日昏。岸高連地坼，水疾帶風吞。夾道松阡沒，憑虛梵宇尊。老漁應得計，一棹渡空村。

野望

飛鳥投無地，防河計已窮。村墟帆影外，城市水聲中。歲歉魚鰕賤，天寒杼軸空。狂瀾何日挽，新鬼哭秋風。

途中寓目

春光欲老春風熱，數點殘紅那堪折。別有平林迤邐來，疑是山陰晴後雪。年來幾見櫻桃花，編珠綴玉清無瑕。會入筍廚照瑤席，劇憐驛路含風沙。梨雲一簇相輝映，流水涓涓作明鏡。青裘挑菜嬉春風，花陰小立迷香徑。白鳥飛飛黃鳥嚦，千樹萬樹無空枝。夢中王建出奇語，花下微之多豔詞。笑我遊蹤繫不得，板橋煙柳空絲絲。

河西務題壁

小住長安飽看花，輪蹏底事又天涯。夕陽遠樹河西務，閒倚車窗認酒家。

出都書懷

雙輪又碾輭紅塵，煙景連村辨未真。陌上桑田方待澤，道旁版築豈無人。長風穩送征途客，細草遙分上苑春。今日故園應念我，梨花瘦盡竹枝新。

繆子雲姻丈嗣龍廢園詩

先生松菊猶存否？便欲攜尊一問之。怪石當門渾不答，蟲聲催我醉題詩。

胡孝子詩孝子名柄泰，字小帆，天津人

嗚呼胡孝子，母生亦生死亦死。將以激澆風，驚傳遍閭里。事母非徒備甘旨。母素畏雷聲，孝子望雲疾歸視。母性重周親，孝子濟人幾忘己。胡爲母病竟不起，孝子哀號號不已。抱此孺子心，何暇裁以禮。相從地下而已矣，嗚呼胡孝子。

樂府十二章爲丁樂山觀察作

神君隄嚴河防也

河伯胡不仁，社公胡不神。決我隄防，蛟龍食人。誰其共禦之，繄維我使君。使君治水與水爭，屹立水次驚濤鳴。左畚右鍤衆力併。隄之固而孔厚兮，使君之壽。

隄之高而日崇兮，使君之名。河流東下風波平。

生佛筏 濟水溺也

出門四顧，欲渡無船。村墟數點浮波間。大筏何自來，三五各相聯。大家頂禮涕淪漣，慈航普結衆生緣。須臾不死疑登仙。風颯颯，雲漫漫，生佛筏，來自天。

哀鴻息 賑飢民也

鴻雁來，聲何哀。四無稻粱，空啄莓與苔。沙上鷗鷺羣，鎮日恒苦飢。安得餘粒一遺之，鳳凰自謂百鳥長。躊躇四顧心含悲。毋漸于陸，毋漸于木，息爾中澤毋嗟食。不足搏擊多鷹鸇，天寒路遠應爾憐。

黠鼠消 伸冤獄也

黠鼠之黠，日事傾軋，老吏受其欺，長官不能察。嗤嗤者氓，覆盆之冤，幾時雪朗月當空?·物無遁形，惟明斯斷，如雷如霆。貪者狼，猛者虎，箝而制之乃如鼠。鼠兮鼠兮甯貫汝，羣生到此無冤苦。

萬間廈安流亡也

萬間廈，何爲者？集流亡，依宇下。鵲繞林，鴻在野。水潦深，泥沒跨。望故鄉，淚盈把。得平土，一廛假。藉以茅，覆以瓦。編户口，分里社，斗室中，乾坤大叶。於鑠哉，萬間廈。

一條冰勵清廉也

一條冰，徹底清，使君鑑之常兢兢，風霜交厲見圭棱。塵垢不染含虚空，大夫冰鑑義可徵。貯以玉壺寒光凝，七十二沽水泠泠，幾人來此濯塵纓。使君無意分渭涇，但覺兩袖習習清風生。

延冬溫施綿衣也

庇我字我，匪惟食我，抑又衣我。飄飄雨雪，胡能厲我。歲云暮矣懷故鄉，無衣無褐心徬徨。而乃登我於春臺，被我以餘光。手握造化迴青陽，融融一室榾柮香，吁嗟門外還飛霜。

厲秋肅 整軍旅也

人雜五方，富庶敦龐。公提一旅，來鎮是邦。矯矯羆虎，市廛錯處。民安其業，士歸其伍。旌旗搖空，鼓角時鳴。兒童習慣，雞犬不驚。日中爲市，芻茭鹽米。交易而退，暮笳四起。日落轅門，歸若雲屯。但聞刁斗，闃如無人。嗚呼噫嘻，誰實爲之？赳桓之選，節制之師。

皇路坦 修北道也

津沽直北，遥望京華，大道之直直如髮，連橋横跨揚風沙。歲久漸坍圯，坎坷阻行車。我時偕計到京國，車箱如甕愁傾斜。公曰築之，築之我土，其無譁捨。爾矛戟具，爾畚與杈，增高培厚，厥功倍加。皇路何坦坦，行者共咨嗟，遥岑環拱蒸雲霞拱北遥岑，津門八景之一。

澤農謳 開稻田也

殺我者水耶，田廬飄沒風濤狂。生我者水耶，青青繞郭霏稻香。因地之利，豐年穰穰，千頃萬頃流澤長。天降淫雨其何傷！非但足魚鰕，殺飛蝗。秋風起兮雲堆黄，竊願年年爲水鄉。

文星耀惠士林也

振旅沽上來，論兵豈素好。戎衣坐談經，汲汲興文教。文教講院開，月旦評何妙。潤之以廉泉，宛若時雨膏。膏之覆膏之，沾溉無弗到。更留去後思，拓地憑建造。但聞弦歌聲，無慮烽煙告。仰視析木津，光聯奎壁耀。

彤管揚闡貞烈也

幽蘭生於空谷兮，風霜悴之。此心竊比於松柏兮，凡木敝之。吾守吾貞兮，甯湮沒而不彰。何日月之照臨兮，乃爲表其徽而發其光。諏咨徧於幽遐兮，誰謂有司之不明叶。孤芳奇節揚王廷兮，惟君子賜歷歷貞坊。與海山並峙兮，奉仁風而不墜。

碧琅玕舘詩鈔後跋

鑾自弱齡受業吾師，侍几席者二十年。竊見講課之餘，每手一編，吟詠不輟。時與及門論及於詩曰：「詩以理性情，雖偶爾唱酬，亦必有真性情流露其間，而格律與聲調將有不求合而自合者。此古人所以重詩教也。」鑾謹誌之，弗敢忘。旋值時事多艱，烽煙迭警。吾師隨所聞見，輒託諸詠歌。闡發愈宏，推敲愈細，據騷壇而執牛耳。宏獎風流，羣推宗匠。以視文人墨客流連光景之作，未可同日語矣。同治壬申，鑾出守台州，道經里門拜謁時，請以全稿付梓。吾師未之許。嗣又函致翰臣弟，屢爲之請，乃僅得古今體若干首，郵寄來浙。鑾謹校鈔錄之譌，亟付手民。吾師年逾知命，厥志未伸，而怡然廓然。曾不以坎壈攖夫念慮。其性情爲何如耶？其學養又何如耶？高山仰止，景行行止。讀是編者庶可想見焉。

光緒紀元秋九月受業徐士鑾謹識

碧琅玕館詩續鈔

碧琅玕館詩續鈔題詞

無錫秦惪懋彥華

碧琅玕下住詩人，卻恨年來未問津。時世艱難歌易放，友朋贈答意何親。羲皇氣象陶潛近，稷契心腸杜甫真。我是天涯倦遊客，草元閣外幾逡巡。

上海唐尊恆芝九

風骨崚嶒氣自和，揮毫萬象總包羅。塵消京國遨遊倦，詩詠河樓感慨多。相見真能豁胸臆，遠來豈悔歷風波。一枝鐵笛横吹出，許我閒窗聽浩歌。

安吉**吳俊**倉石

風雨數椽塵不到，琅玕一片手親鋤。先生長物錢難買，海色天光照讀書。

古城隅繞三津水，問字雲亭數往還。觀海此行真不負，瀛洲以外幾名山。

津門**徐士鑾**沅青

坐擁皋比四十年，閒看世事幻雲煙。吟同老杜詩皆史，興似髯蘇夢亦仙。翼折雁行悲遠道晴嵐六世叔歿於陪都學署，蓮舟七世叔歿於邯鄲鹾館，心交鶴化哭長眠謂華少梅、黃曉林、欒潤田、華壽莊四茂才，于筠庵副貢，郭星嚴布衣，郭琴舫大令。頻教桃李添新蔭，菽水歡承藉硯田。

清陰又展碧琅玕，放眼蓬廬天地寬。受業有人遊閬苑，聞名幾輩謁騷壇。登科未兆芙蓉鏡，養志還辭苜蓿盤。藝院深沈開講幄時吾師主講輔仁書院，一堂風月不知寒。

瑤編流播浙西東《碧琅玕館詩鈔》刻於浙杭，時鑾守台州，寅僚士紳索者甚夥，絳帳傳經漢馬融。豈待登堂沾化雨，應教開卷見光風。吟壇逸品儕林魏陸游詩「詩在林逋魏野間」，樂府新聲叶羽宮。沽上題襟誰嗣響查蓮坡有《沽上題襟集》，二分煙月張船山詠津門詩有「二分煙月小揚州」

句一詩翁。

海天坐嘯老煙蘿，筆底乾坤清氣多。每以感時紓偉論，更從懷古發高歌。沿流我未窺涯岸鑾《蝶訪居詩鈔》蒙吾師題詞獎許期望甚厚，尋味人誰耐詠哦。重付雕鎪留萬本，深藏風雨護巖阿《續鈔》刻成合前鈔為一集。

碧琅玕館詩續鈔卷一

清明日郊外作

紙錢風裏踏青遊，獨步長隄豁倦眸。天際遠帆渾不動，煙中短笛韻初流。粉垣綠樹圍新冢，蔓草荒沙沒古邱。一事傲他泉下客，歸來還上酒家樓。

書恨

煉石空教說女媧，那堪為我補蹉跎。責無可謝身先老，事欲求全恨轉多。落落得邀明月未，蕭蕭將奈夜風何。硯池自注清泉水，寫盡悲愉不起波。

篋中孤劍不須鳴，白髮刁騷謝遠征。閉戶譚經成底事，引泉種樹尚多情。更無福地抽身去，好破愁城掉臂行。莫歎命宮逢磨蝎，東坡早已悔詩名。

我亦耽佳句，偏嗟骨不仙。神難與古會，名好借君傳。白日多新鬼，青雲屬少年。何時同橐筆，遙泛五湖船。

題孟碣門先生宗舜崇祀萍鄉名宦錄

能禦大災捍大患，死為明神生名宦。近傍宮牆俎豆新，盡瘁一官荷天鑒。先生寄迹東海頭，系出鄒嶧非常儔。入對承明出作宰，彈丸一邑叢百憂。反側未消賊氛逼，兵單援絕無堅壁。塵飛公廨朝日昏，血裹朝衫夜鐙碧。九死一生力已摧，飛芻挽粟無遺謀叶。王師南下效指臂，斬除荆棘煙塵開。鐘鼎勳名光日月，共仰公才服公節。別有纏緜保赤心，萬家歌泣呼生佛。吁嗟乎，仁波洋溢潤萍川，政聲遠紹張與潘。家山迢遞沽水潔，後起之秀何翩翩。有誰具書告當路，千秋禋祀崇鄉賢。

和梅小樹立秋感賦三首

與我分秋色，君詩別樣清。缾花無冶態，庭樹變商聲。身已逃禪慣，心由閱世平。如何高詠罷，翻覺不勝情。

耳目都清曠，無勞效杞人。爭端蝸兩角，幻相月雙輪。憂憤拋天外，光陰與古新。及今波浪靜，好著鷺鷗羣。

倦眼向誰青，秋心入杳冥。避喧閒種菜，感事夜觀星。詩畫家聲舊，蓴鱸客夢醒。憐余有同病，蛩駏早忘形。

古意

無端起謠諑，自愧非蛾眉。相責意良厚，含情將語誰？非關避鸚鵡，未敢前致詞。閉戶省衍咎，雲陰欲暮時。

偕陳潤璋毓瑛華琴士彬買小舟訪菊

耽尋秋色出重闤，遠隔河流灣復灣。買得小舟聊促膝，布帆低挂夕陽間。
直到天邊緑不分，中流放眼脱塵氛。戍樓迥出平林外，刁斗無聲倚暮雲。
高低煙樹見人家，踏徧蒼苔一徑斜。如此風光轉惆悵，籬邊半是外洋花。
攜得寒香返棹來，從今三徑不須開。風霜晚節誰同調，冶葉妖枝莫浪猜。

小飲漫成

窗暝闃無人，小飲不成醉。數罷寺樓鐘，臥對鐙一穗。

可樓雅集留贈主人

主人嗜風雅，寄迹廛市間。一樓迥出羣囂外，揮毫四壁排峯巒。我來頓失來時路，恍入山重雲復處。開窗俯視還驪然，錯雜行人不計數。此則疾走如奔豚，彼乃坐守如待兔。别有鮮衣肥，馬車無停輪。既昏不息何紛紜？我欲呼之恐不聞。回頭卻被山靈笑，座中歡伯苦相召。一闤之市復何論，長夜之飲足同調。子路百榼堯千鍾，吾儕那許樽酒空。主人不飲得酒趣，杳然邱壑羅心胸。吁嗟乎，眼前無地著塵網，憑高直欲淩雲上。畫裏尋詩饒別情，酒邊作畫邀新賞。安得刺船海上一撫伯牙琴，天風吹下衆山響。

長隄晚眺

薄暮長隄靜，詩心入渺茫。數聲柔櫓外，落日滿河梁。

對菊有感

應被黃花笑，勞勞兩鬢絲。有心學老圃，無地著東籬。風雨蕭條候，文章絢爛時，蘧廬誰是伴？閒對傲霜枝。

雙節詩爲何夢濂茂才作茂才曾祖母宋氏、祖母蕭氏同時旌表

竹箭自有筠，松柏亦有心。共歷雪霜後，庭前生綠陰。撫孤使有室，既室歸黄壚。有婦持門戶，撫孤兼養姑。含飴朝弄孫，績麻夜課子，兩世含幽光，幽光照閭里。貽謀及孫曾，早食天家俸。孤鸞自西飛，梧岡集鳴鳳。

梅花香裏覓詩痕圖冊爲梅小樹題

詩心何住著，索之了無痕。春風天上來，幽香動遠林。天寒絕人迹，鳴鶴流清音。行吟者誰子，獨踏深山深。長空一明月，照出梅花魂。

友人贈菊十餘種比其殘也摘而曝諸牖上用代餱糧一夕爲封姨攫去戲爲長句記之

生不能餌句漏之丹砂，餐天半之朱霞。更不得深處朱門饜粱肉，星光在罶空咨

嗟。友人遥慰我，贈以東籬花。老奴擔負數往返，豈徒玩之書歲華。用以代餱糧，有如飯胡麻。曝諸牖上，鳥雀勿譁。明月初上，星如撒沙。無端萬木號不已，封姨疾碾空中車。須臾風息月皎皎，屋茅依舊垂髿髿。環視牖上頓驚歎，殘英攫去胡爲耶？或云酒星作酒需酒料，過我窗前睨而笑。不用六丁下取將，妙手封姨起被召。寒香散作天上春，醇醪不數人間造。豈知地上鯫生願，更奢擬酌天瓢恣嘯傲。以神爲馬尻爲輪，咫尺雲衢吁可到。翻笑靈均餐落英，忍飢澤畔枯腸鳴。

除夕

不出已經月，都忘度歲忙。茶煙欺病目，藥味冷詩腸。客至耐閒話，室清生暗香。迎春偏斷酒，夢入水雲鄉。

記夢詩

夢裏尋詩過野橋，桃花紅處柳絲飄。數椽老屋藤枝健，遲我歸來挂酒瓢。

遊西山不果

熱惱紅塵中，遐思山水清。山僧頗解事，邀我滌塵纓。可思不可到，還被山靈笑。酒食復困之，竟同打毾毿。作詩告山靈，長此青山青。待我新雨後，來叩白雲扃。白雲最深處，應有幽人住。誰實迫之來，我欲究其故。

東安道中

一洗繁華眼，驅車踏輭塵。途長惟見樹，村遠更無人。貼地麥苗短，穿林鳥語新。迴思舊遊處，幾輩醉芳辰。

農夫歎東安道中作

自春徂夏旱欲然，農夫揮汗猶開田。土膏幾盡紅日烈，硜硜大地如石堅，瓦甌粗糲聊一飽，箕踞相對袒其肩。我車過此咸注目，若疑若訝難爲言。以臆度之意良厚，髮已種種胡爲焉？遠道風沙增老態，春官桃李多少年。不如且息車馬力，歸去更結詩酒緣。硯田自耕盡樂歲，經畬有穫非貪天。猶勝吾儕苦勤勤，三月不雨空憂煎。我思其意感且愧，年來已無半畝園。農夫農夫爾勿歎，失時甯係天心慳。行看一雨生衆綠，提壺布穀聲纏縣。豳詩一卷有至樂，無煩侈詠帝京篇。

戲書題名錄後

落花寂寂曉窗寒，千佛名經拭目看。一笑春風今又過，祇愁無命作方干。

題海上奇士殷仲深遺像並序

仲深貌寢，耳目幾廢而好學，尤深於疇人術。歿後，其友人爲寫遺像而徵詩焉。余感其遺於世卒能自表見於世也，爰爲走筆題之。

海上有奇士，終歲常杜門。忘形一室絕人事，心遊八極窮天根。捷足小兒極百巧，吾用吾拙全吾真。有耳甯不聰，十洲三島吟天風。有目甯不明，沐日浴月涵虛清。外此形聲瑣瑣一吷耳，又何恤乎狼貪狙詐蟬噪蛙鳴而了不聞見者，徒貽笑耳目之不靈。吁嗟乎，君自息影學無生，我亦閉關愁遠行。咫尺相去不相見，須臾千古留遺形。一紙飛來自天外，圖成不顧俗人怪。璣衡在手妙入神，尋常句股皆秕稗。吾將置爾於太清。飲爾以沆瀣，海雲莽莽海山青，精魂來往寰區大。

題滄州于燕亭先生遺稿

手把芙蓉去，乾坤一卷留。高風今栗里，故宅舊滄州。疏水終身樂，河山滿目秋。平生誰識面，獨上朗吟樓。

二逸推滄曲，先生繫我思。在家能作佛，傳世不因詩。東海風行候，西山落日時。開編情更切，惆悵失人師。

貞烈詩有序

滄城蘭之華茂才季女，許字季撝堂太守嗣子斌敏。未嫁，斌敏病歿，女欲殉未果。有媒妁來，截兩耳以自誓。父母從其志，歸季氏，事姑盡孝。服闋，飲酖死。女知書，喜讀文山《正氣歌》。

爲女則貞，爲婦則烈。形毁神完，飲冰齧雪。一解。天降之災，胡來酖媒。謝彼鴆媒，未笄而衰。二解。彈寡女絲，譜離鸞操。文山一歌，今古同調。三解。繐帳生寒，風雨三年。我儀我特，俟我黄泉。四解。緑羽一杯，殉以雙耳。地老天荒，此心不死。五解。

有感

相看盡屬可憐蟲，榮瘁無端碌碌中。幾輩窮愁身易老，百年富貴計難工。已拚蜀道千重險，不信曇花一霎空。偏是蟯蜋能解脱，緑陰高處止清風。

竹下口占戲呈竹生姻丈

人常愧竹清，竹或忘人俗。主人招我飲，肎使食無肉。

滄州駐防驍騎校奪公魁輓歌

大星墮地聲隆隆，雲愁霧慘驚沙鳴。狐狸叫嘯老羆死，腥風射倒麻姑城。麻姑城頭鼙鼓啞，奪公拔戟真健者。闉裏猶縫戰士袍，陣前已汗將軍馬。刀頭飲血髑髏飛，再接再厲神不摧。羣凶膽裂鳥獸散，紅孩兒口揚旌麾。那知困獸更返鬬，妖氛四合風雲驟。睢陽援絕當要衝，萬春食盡攖强寇。奮臂更大呼，負創血戰無完膚。寇資復何有，手焚火藥雷霆走。吁嗟乎，城存與存亡與亡，裹尸馬革鬚髯張。咄咄一門並貞烈，埋香水底滄波涼。君不見，人盡恥偷生，婦孺能罵賊。感公之義戴公德，直將八千子弟兵，併作五百田横客。公自騎鯨淩紫煙，忠魂毅魄相後先。一官坐困老將至，懍懍生氣留人間。問誰截取燕然一片石，勒銘高峙中條巔。

孟孝女有序

孝女樂陵人，聖裔也。素好武。同治已巳，捻逆北竄。孝女挾母上馬，逃賊四合。女右手舞刀，左手抱母，連刃數賊突圍出，卒完其母。

心有母，目無賊。匹馬嘶空走霹靂。一解。母尚生，何可死？殺賊而來一女子。二解。噫嘻，一女子耳，直突重圍。非敢突重圍，義無反顧何遲回。三解。鬼神避其鋒，河山作其氣。重開妝閣慰白頭，回首烽煙心轉悸。四解。

丁丑元日壽沈竹生姻丈

萬家簫鼓迎東皇，壺中日月了不忙。主人大笑樂何事，修竹吟風春正長。無事問年疑絳縣，且將醒眼煮黄粱。客來不速談羲黄，竹罏茶熟凝清香。微言渺論難與外人道，坐使乾坤浩浩忘滄桑。鬼神狡獪亦日用，身心寄託非尋常。不解餌丹砂，不耐講青囊。適吾所適何住著，眼前自有長生方。老胡文康相遇千古下，拳拳兩鬢猶未霜。笑指階前竹欲實，飛來小鳳鳴朝陽。

讀書秋樹根小照爲華壽莊作

蕭蕭華髮讀書子，數椽老屋秋光裏。臨風把卷心目清，落葉歸根識元理。試看長安走馬人，春風幾易新桃李。

上元病中作

謝客已經旬，蓬門未見春。任教不禁夜，權作避喧人。酒國成高會，煙花鬧比鄰。惟餘一明月，來伴苦吟身。

題梅樹君先生欲起竹間樓遺照

久失扶輪手，梅花舊主盟。竹間樓未起，天上月長明。世澤琴樽古，功名苜蓿清。成連今已去，海外是蓬瀛。

嗟我來何晚，登堂感不禁。選樓留畫本，沽水起元音。慧業詩人福，傳鐙古佛心。一編足文獻，藝苑炳璆琳。

派衍船山後，先生迥絕塵。瓣香今作者，數卷古詩人。灑落真名筆，空明感衆因。海峯還並峙，高臥老崔駰。

詩人必有後，續社賦梅花。誰謂風流歇，依然月旦誇。羣賢皆後輩，片羽足傳家。更憶叢篁裏，開軒倚暮霞。

昌平道中

日落長林外，車行亂石間。人家耕赤壤，道路繞蒼山。故國陵園壯，荒城歲月閒。征塵何日洗，望斷水雲灣。

明陵

百靈共守樵蘇禁，瑟瑟松楸閲廢興。依舊萬山環抱處，杜鵑啼徧十三陵。

遂閒堂感舊四首

高懷卜築水雲灣，解組歸來賦遂閒。綠野平泉餘韻在，雙修福慧豔人間。

誰把滄桑問白鷗，長河滾滾自東流。天邊一片蓬壺月，曾照高歌篆水樓。

當年冠蓋勝如雲，狎主齊盟張一軍。堂構依然諸老盡，落花啼鳥悵斜曛。

阿弟逃名號笨山，詩成萬首幻雲煙。自從召寫真經後，冷落騷壇二百年。

蓮洲七弟病歿邯鄲客舍已經年矣適與共事者自邯鄲來對之悵然詩以誌痛

招魂已醒邯鄲夢，故侶相逢止益悲。雨雪一身能健在，關河萬里總歸來。那堪忍淚辭鄉土，竟使含愁赴夜臺。怕聽南鴻叫天末，更將書札爲誰裁。

梅小樹贈菊賦謝

梅子吾老友，知我寡所好。贈之以黄花，幽窗同寄傲。奈我適斷酒，甘被黄花笑。陶令古達人，千秋幾同調。醒眼淡相看，香清入懷抱。詩成還寄君，一笑應落帽。

奉佛詩有序

《墨子》二本，佛之宗旨也。於是奉佛者，雖事極細瑣，皆若莫大功德。識者笑焉，詩以諷之。

西方有聖人，刺刺説因果。四大雖已空，多情及么麼。世人喜其術，祈福急星火。飛潛盡同類，取食計真左。曲爲生全之，祝我甯詛我。梅檀盡日薰，居室擬蘭若。有罪皆可懺，論功乃亦頗。造化默無權，爍爍佛光大叶。

自慰

已分疏慵送此生，愧他將伯抱深情。不才幸免因人熱，土銼繩牀夢亦清。

示同學諸子

珍重光陰歲欲更，滿窗風雪讀書聲。無他捷徑惟循分，自古英才要老成。好學便爲佳子弟，能文甯事小聰明。敝廬幾日春陽到，待看心花一樣生。

曾否論文妙啟余，弦歌好與古人居。氣無自餒偏宜斂，心豈能精止要虛。可有雞談資講貫，休將獺祭掩空疏。從來白地光明錦，多買胭脂畫不如。

雞鳴風雨幾知音，濟濟同堂喜盍簪。過必相規須對面，學無可讓在平心。榮枯判後交情見，鄙吝消時道氣深。酒食何堪共徵逐，小齋明月照彈琴。

入世宜防冷眼看，浮沈幾輩誤儒冠。漫云前路因人易，正恐中流立腳難。仗策從君來鄧禹，閉門謝客臥袁安。半生顯晦無成局，共此身名可自寬。

晬語

惟鏡有匳，恆若新磨。察察自喜，心精幾何？

衣取其新，垢則澣之。人惟其舊，罪則緩之。犬耐家貧，不吠其主。哲士相君，朝秦暮楚。治絲無緒，愈治愈亂。錯雜成文，自有條貫。種瓜得瓜，種豆得豆。不得瓜豆，家人誶詬。巧佞滿前，蛙鳴雀噪。主人充耳，盧胡而笑。法網何疏，天道何親，遠出行劫，椎牛賽神。拂意之遭，須臾難忍。權作旁觀，不值一哂。

雜感

靜躁本殊途，趨舍詎同軌。干時屢見黜，乃復學韜晦。無意樂簞瓢，抗顔薄金紫。豈知古高隱，名心早如洗。無辱即爲榮，息影蓬門裏。我慕李鄴侯，披書空仰止。寄志在青山，成功在青史。王氏樹三槐，陶家種五柳。茫茫千古間，窮達各不朽。竊怪浮薄子，自待良非厚。一落塵埃中，嗒然喪所守。徼倖躋顯貴，泄泄愈可醜。此心自榮枯，寸根託培婁。緬懷古先達，入世恆不苟。鬱鬱松柏姿，河山與同壽。

長卿家四壁，跼蹐風塵下。富人卓王孫，有女蓋新寡。奩緣竊而逃，依舊貧無那。拚將紅粉妝，來作當壚者。激而使之恥，豪資乃可假。脫卻犢鼻褌，高車而駟馬。吁嗟南阮貧，一竿自瀟灑。

詩窮而後工，於世究何補。埋首耽吟哦，甘隨腐草腐。杜陵詩中聖，更際中興主。上疏救房琯，琯也實不武。異哉李青蓮，相士軼千古。少年事豪俠，不耐作詩苦。誰謂經濟才，老死圖書府。上思古皋陶，贊贊稷契伍，甯以歌明良，空作風騷祖。

讀書薄晚近，高坐談羲農。志大不適用，頭腦成老傖。松柏爲棟梁，杞梓爲幹楨。呺然五石瓠，未足貢王庭。竊聞夾谷會，歷階卻萊兵。王道非迂疏，豈必世承平。體大用自備，乃可黜霸功。不然管與樂，猶爲一世雄。

深山容虎豹，大澤多龍蛇。既與人境隔，生息安有涯。王政在寬大，未肯窮幽遐。誰實招使來，交衢森爪牙。狐狸假其威，射工亦含沙。行者苟不戒，罹禍空咨嗟。哀哀泰山婦，曾停尼父車。

勁草當疾風，植根早殊衆。冶葉附倡條，荏苒甯棲鳳。志士貴自立，材大不得控。尺水翻波瀾，寸絲成網緵。少與委蛇之，即爲吾道病。佩韋與佩弦，吾欲觀所用。與爲公孫詐，甯爲汲黯戇。有動皆爭機，擾擾伊胡底。枉尺不得寸，形存神已死。黃金擲虛牝，誰能返其始。冥心歸大化，吉祥乃止止。李耳師商容，守默得宗旨。著書五千言，刺刺殊可已，齒亡而舌存，吾道盡是矣。

碌碌

碌碌曾無避俗方，那堪逐隊更登場。擬將花事開香國，覓得詩痕入醉鄉。問舍求田殊瑣屑，煉砂煮石總荒唐。他年穿冢知何處？愧少要離俠烈腸。

鐙夕誌感

滿目流亡慘不春，燒鐙時節倍傷神。淒涼賸有街頭月，來照吹簫乞食人。

紀災 並序

歲丁丑，大旱，赤地數千里，民多死。天津瀕海，運米石無算。議者以分賑未便，乃廣招流亡，不分畛域，使畢集於天津一城，日爲粥食之。爰擇寬僻處爲十餘廠，廠數千人，以蘆席爲屋，繚以長垣，扃其外戶，慮至周也。東南一廠，收養婦孺。十二月四日平旦大風，廠中火發。司事者不即啟鑰，死者二千餘人。

殘魂嘯夜風怒號，焦骨蔽野煙塵高。不死於荒死於火，聚而殲旃安所逃？吁嗟乎，爾輩胡爲棄鄉土，舉家求脫飢寒苦。流亡招集長官心，雪地冰天饗粥鼓。風餐露宿霜花寒，安得廣廈千萬間用句。架席爲屋編以菅，下藉以草擬重氈。渾似積薪萬垜穴，其內立禁不許宵鐙然。有聲何來，譆譆出出，須臾火發人聲溢。雷轟電掣沸如湯，風狂煙漲黑如漆。拉雜昏悶中，咫尺各相失。纔欲東奔又西逸，祝融赫怒四圍截。赤幟彤幢倏明滅，萬頭紛竄火愈烈。幾人蹶起旋復跌，或效羝羊爭觸藩。繚垣不斷門扃鐍。噫嘻乎哀哉，婦孺抑何罪，遭此炮烙刑！求生不得路，抵死猶支撐。吾聞烈山澤者，禽獸猶得逃而匿。奈何蚩蚩者氓，竟使駢肩累脅付之一炬中！移時壞垣啟鑰援以出，十活一二無完形。君不見積屍成隴，高高下下家人走。哭無能辨者，未足飽烏鳶。腊黑盈一把，稚子猶在抱。跧曲露兩踝，孕婦類刳剔。全無腥血灑，監門鄭俠繪流民，見之詎忍拈毫寫。長官長官且勿悲，此關天數非人爲。奠以酒漿焚以衣，佐以楮帛風淒淒。玄冥當令朱鳥死，轉眴家山春草肥。魂兮歸去休鬱悒，霜露年年足血食。

既火越日過其處復爲詩弔之

嗚呼，天心之忍忍莫忍，於此災黎數千人。忽焉而死矣，國家大辟無。過死小民究何罪？況在婦與子。既殺以凶年，餘怒猶未已。何物鬼神弄狡獪，餌而致之民皆喜。陡然一炬無生理，殺之以兵殺以水。其禍雖烈常技耳。嗚呼，天心之忍忍莫忍於此！

城南之火嗷嗷者幾無生理矣入春後聞遠近得雪深透喜而賦此

天心至仁何至忍，焦骨成堆收不盡。天心至忍仍至仁，雪深三尺土膏新。生者自生殺者殺，誰主宰是誰監察。我將呵壁一問之，飛鳥窗前空嘎嘎。問天天不言，帝謂若可通漫空。劫火一發不可遏，別有盎然生氣吹枯噓槁鼓盪於其中。不然劫灰飛過生氣絕，安得天維地紀造自盤古無終窮？君不見，九年之水七年旱，皇心恐懼天心轉。鰥生幸得活妻孥，安用悲吟成偃蹇。

李烈婦 烈婦曹氏，靜海縣獨流村李葆昇妻

家有孝娥，克繼其武。殉夫與殉父，卓絕俱千古。憶昔于歸時，一門無齟齬。李氏子，遠行賈。依阿姑，持門戶。晨炊夜績不言苦。光緒四載，律中大呂。夫病在牀，氣不絕者如縷。忍看鏡裏孤鸞舞。雪虐霜饕，寒飆怒號。日翦紙錢，魂不可招。復安望遺孤，三尺煢煢者，相與以夕而以朝。誓相從於地下，識泉路之非遙。悽愴一棺，誰謀窀穸？將欲妥此，幽魂能弗！苟安食息歲已更，人永隔，雁叫空。悲遠陌，春風爲誰來？春花黯無色。茹苦含淒到百朝，松楸手植荒煙白。吾事畢矣，生胡爲哉？磐石沈水底，蕙絲安所依。鐙昏燐綠，風動敝帷。柔腸寸斷歸泉臺，萋萋宿草生餘哀。採風使者幾時來？獨流村，流不絕。流過前村復後村，終古娥江共

嗚咽。

陸婦人籲天圖

藥鑪聲咽凄不春，人間百草無靈根。姑病在牀月黄昏。爇香籲蒼天，天乎甯不聞。一解。夫出遠宦，妾留事姑。姑幸無恙，報君尺書。胡爲二豎，膏肓是居。庭前老樹，唬慈烏返，哺聲嗚嗚。二解。妾將身代天不許，巫醫束手氣如縷。割臂和粥噤無語，裹創而進忘其苦。三解。姑飲甘之，厥疾頓瘳。笑問何藥餌，方書恐未收。融融一室幽香浮。四解。遊子歸來，登堂視母，母云婦賢詎，有間於衆口。五解。三黨六親，交相道之。請旌於朝，馨香報之，而割臂者再，還爲夫子療之。六解。仰視天濛濛，乃在方寸中。孝哉抑何愚？誠極天可通。阿誰貌之以丹青，蘭閨千古留遺型。七解。

碧琅玕館詩續鈔卷二

花朝前一日作

才拙容吾懶，非關遠市囂。貧從荒歲覺，愁逐暮雲消。校字新詩本，鐫銘舊酒瓢。春風還過我，明日是花朝。

久陰不雨

零雨桑田引領望，兒童競學舞商羊。曾無餘潤憐嘉穀，止釀輕陰護海棠。息影魚龍何寂寞？插空樓堞自蒼茫。硯田已分枯如此，擱筆寒窗讀大匡。

輓孟師竹國琛茂才

落寞寒窗五十年，鑽開故紙便生天。縈懷愁緒今消否？入座謙光尚宛然。老得寬閒知子孝，早經貧窶賴妻賢。孤鐙短榻丹鉛筆，此去應無未了緣。

送同年吳定生善寶觀察之楚北

蕭蕭日冷高軒過，雅度謙光動四座。方擬同歌大海風，如何遽返南樓駕。記曾附驥踏空行，屢蹶春風未識荊。一榜衣冠半顯宦，廿年車笠訂新盟。從此招尋數相見，圖書半榻足歡讌。多君寶劍出豐城，笑我焦桐供客爨。傾心吐意談新詩，鑄古鎔今多偉詞。一字推敲幾往返，長裾奴子雨中馳。破空腕底雷霆走，大聲紙上蛟龍吼。忽驚背水出奇兵，息鼓偃旗我何有。鄂渚晴雲萬里開，天南重鎮正需才。遙知花嶼迎星旆，重閉柴扉長石苔。垂楊無賴離亭暮，磊落孤懷復誰訴？寄言為弔賈長沙，觀政甯輸杜武庫。繡服他年入覲時，臣心似水帝心知。佇看一紙來天上，新和明堂御製詩。

題李筱筠慶辰茂才醉茶詩草

未許俗人愛，書窗擁鼻吟。半生無別好，五字發元音。風雨思親淚，滄桑閱世心。往還幾同調，沽上又題襟。

讀史雜感

生才大造果何因？變相登場總絕倫。誰道分香非韻事，須知鑽李亦傳人。山河不幸虛名世，鐘鼎無靈汙劫塵。擔糞著碁都弗解，還從物外寄閒身。

勒石浯溪際中興，深宵不復感雞鳴。分符典郡皆能吏，束帶談兵負盛名。絕學甯無秦博士，空文誰致魯諸生。有人更作生還望，老去班超尚遠征。

何來祆廟徧中華，重譯疑乘貫月槎。信有下天開世界，甯徒鑿空極荒遐。滄溟浪息成王會，驛路風清走鬼車。持節幾回勞漢使，葡萄酒熟莫思家。

宏修登庸衣鉢好相傳，鼎鼎諸公孰少年？養望不言溫室樹，憂時每惜水衡錢。

赤縣生民福，虔結金天古佛緣。究是文章鳴盛地，新詩誰賦帝京篇。

雨後戲題

未雨苦炎熱，一雨生秋涼。披襟北窗下，自謂傲羲皇。河魚乃腹疾，轆轤鳴枯腸。作文在廁上，底用臥匡牀。解衣槃礴間，轉丸笑蜣蜋。誰實使之然，勞勞空爾忙。歸臥詩未就，斜陽漏清光。

黃金臺歌

士為知己用，豈為黃金來。隗也自薦吾不取，嗣王況復多疑猜。黃金臺，高崔巍，畢竟豁達非庸才。隗也一言動人主，七十二城煙塵開。吁嗟昭王安在哉，駑馬驕鳴駿馬哀。渥洼之産不復至，天閑仗馬皆良材。細芻鑿粟供飽食，金羈玉勒生光輝。伏櫪老驥瘦且死，骨朽不識黃金臺。黃金臺，高崔巍，夕陽憑弔迷蒿萊。

柳隄

海上逍遙罷遠征，長隄萬柳綠雲平。地開圖畫容調馬，將有詩才好聽鶯。煙雨寒生河伯廟，風花春滿亞夫營。美人名酒軍中樂，憶否攀條贈別情。

聽蘆館漫題

西風一榻篆煙消，蘆荻聲中話寂寥。還似斷橋人迹絕，孤舟夜泊雨瀟瀟。

哭王蘊衣表弟

一榻煙雲幻，難忘促膝時。多君能好客，視我儼如師。病苦仍耽酒，家傳耐說詩。尚餘身後恨，心事阿咸知。

漫書齋壁

一碧長空浄，科頭雨後天。徑荒時有蝶，樹淺不聞蟬。便欲乘風去，還思枕石眠。大千秋色裏，獨坐感華年。無客復相難，何煩作解嘲。閒中羣籟息，空外暮鐘敲。片月穿雲背，疏星綴柳梢。寒蛩嘶又歇，花霧鎖衡茅。

龍爪槐

鳥飛不下驚魂怖，虬枝屈鐵猶鬱怒。昨宵雷雨戰不休，杈枒未許拏雲去。吾怪老槐突兀何，輪囷四圍糾結如攫人。恐是癡龍入蟄踞其下，化出森森巨爪霜皮皴。黄花歷亂秋風吼，花開不數散花手。氣遒節蹙無平柯，霧罩煙籠蔭數畝。梅根凍作瘦蛟脊，藤枝幻出驚蛇走。爭似老槐變相殊神奇，下階尺木蜿蜒久。君不見，壽靈臺側光風披，垂龍之樹多高枝。年深幹古未即化，渾欲作其鱗之而，可能奮其爪而揚其鬐，同此夾道臨清池。池清倒影捉明月，抱得驪珠秋瑟瑟。

代書彭孝女墜塔記後並序

孝女名詠春，安徽懷甯人，景州刺史彭爵麒女，隨侍任所，以孝聞。母柯氏病歿，殯於州之開福寺。至百日，女告父，往奠。寺有塔十三級，因託言禮佛，登而墜焉。當路者奏請旌表，立祠於寺。

北宮嬰兒子，事親誓不嫁。不嫁身猶屬吾親，奇行亦自關風化一解。卓哉彭孝女，待字而未笄。母也撫之如孩提，孩提失母哀且嘶。但得隨母去，此外無復知。上天下地母何往？吾欲見之二解。天風吹衣，履險如夷。彩雲墮地，含笑支頤。僉謂證菩提於佛國，緊亦惟母兮是依三解。君不見開福寺，人如鶩。浮圖十丈隔煙霧。士女爇香來，豈為禮佛故。鸞章下錫女郎祠，道是當年墜塔殉親處四解。

題滄州于阿璞續烈女吟

天地有至文，妙手偶得之。如何風雨條山路，哀豔重賡絕妙詞。吾友于子詩中傑，鏤冰刻雪寫芳烈。前維癸丑後戊辰，劫灰復灼真悽絕。鼓鼙聲激落花風，蘭閨舊事記分明。曾聞血濺珊瑚碎，又見珠沈粉黛空。煙塵隔斷荒村路，杜鵑嘑遍女貞樹。惟君譜出短長吟，猶是當年憑弔處。變徵聲高金石開，河山奇氣屬裙釵。風詩一卷刪不得，前度輶軒槖筆來。

丙辰歲自春徂夏入都者再曾感賦七律一章越二十餘載得之破書簏中今豈皆是昨則已非爰用前韻復成一律並錄之時光緒戊寅九月也

一年兩度帝京遊，雙袖淒涼剌懶投。事到無緣多變態，人當失路乏良謀。浮雲未醒三生夢，宿雨平添萬斛愁。信是長安居不易，蕭蕭庭樹已迎秋。一笑風塵謝遠遊，磨殘短剌更誰投。文章休作干時具，衣褐聊為卒歲謀。事可倖成終是幻，生原各足豈關愁。而今賸有吟朋在，明月虛堂坐素秋。

滄州于阿璞寄示近作賦此代簡

滿庭落葉憶君時，快讀秋窗夢我詩。滄曲波寒人別久，海天霜重雁來遲。頻年槖筆空遊洛，何處攜鋤共採芝。賸有牢愁供嘯詠，孤懷兩地月明知。

忘卻

大地河山一粟藏，輭紅塵裹為誰忙。春風走馬長安路，忘卻龍華選佛場。

題畫

按拍空山老鶴聽，小童擪笛月冥冥。防他俗客能偷曲，未許風吹度翠屏。

閒居

仕宦非吾分，閒居勝馬曹。煙含花氣活，秋入雁聲高。兒輩分鐙火，家人試剪刀。放懷相識少，徙倚憶東皋。

家人夜話

念我寒如此，奢心望後來。窮通須本色，子弟患多才。嫁女裙無緣，留賓甑落煤。莫嫌蕭索甚，一笑發新醅。

鎮海樓 南軍駐紮天津因建此樓

樓堞矗巍峩，將軍此嘯歌。萬家浮蜃氣，一綫遏鯨波。卸甲東南定，憑闌日月過。預參帷幄者，幾輩出巖阿。

更夫歎

夜寒風緊霜花白，身被短裘手擊柝。長廊甬道深復深，溟濛庭樹棲烏鵲。豪門共役多黠奴，漫漫長夜無事無。主人甘寢渾不覺，金鈴小犬酣氍毹。更夫忍凍走且趨，同為人役甘苦殊。柝聲偶歇主人怒，十指僵裂血模糊。雞鳴日出人未起，更向河干行負水。有身不稱輕裾長，有口未嘗殘炙美。吁嗟乎，抱關擊柝彼何人？差勝低頭覓金紫。

憂讒篇

大波瀾，小波淪，從而揚之溺厥身。有時少息作明鏡，暗風吹起迷前津。嗟爾旋起旋即逝，縱能波及如流塵。我未能作中流之砥柱，亦何怪逐浪之波臣。靜視其與為浸潤，弗使汨吾神而沒吾真。顧安得人情平若止水兮？坐對澄潭千尺而無駭乎游鱗。

答友人問近況

懶從閱歷話人情，意氣於今已漸平。勝有硯田新舊債，慣聽蓬巷短長更。神遊擬借仙人枕，目病頻調學士羹。還似虛舟無住著，迴風吹浪不須驚。

流覽高士傳撫今追昔感賦絕句十二首

豪門結客營三窟，夜宴論交有二天。知否一枝巢可託，驚塵不到臥雲煙。巢父

水患初平又誓師，舜胝堯腊費疇咨。如何自託幽憂病，不爲蒼生一療之。子州支父

別與湖山證舊盟，披裘五月淡忘情。延陵公子猶皮相，底事逢人道姓名。披裘公

託迹何嫌溷市塵，倉皇卻得虎狼秦。滿朝勳貴從容甚，禦變翻輸一賈人。弦高

抱甕終朝不計功，桔槔已失太初風。詎知機巧翻新甚，更爲天家著考工。漢陰丈人

春秋俎豆豔鄉關，望重前賢伯仲間。尸祝幾人無愧色，高風空憶畏壘山。庚桑楚

競結聲援別有心，歸驕妻妾仗多金。老萊有婦偏難測，不喜門前轍迹深。老萊子

彭城一哭見真詮，小有聲華便可憐。膏本自焚薰自燒，誰教龔勝夭天年。彭城老父

一代梟雄喜得師，先生遠見更誰知。儻教從學深山去，省卻西州建鼓旗。韓順

高蔡多財壓一鄉，孤寒幾輩託餘光。先生非是耽孤寂，萬卉烘晴易夕陽。夏馥

渾如已死不妨生，過眼浮雲萬事輕。婚嫁累人空瑣瑣，卦成損益早分明。向長

比里心傾孰與倫，峨眉山月照清塵。不夷不惠行吾素，肎把圓通媚俗人。李宏

次梅小樹新春試筆韻

高詠輪君步早春，青氈不煖寄閒身。園荒未闢栽花徑，室小能容問字人。靜閱榮枯仍故我，生成孤潔合長貧。憐他燕子營巢急，來去風前劇苦辛。

閒情一賦筆花妍，鏤翠裁紅卅載前。香國春迷懷夢草，冰弦聲斷踏鐙天。招尋朋輩酬佳節，旖旎風光讓少年。何處瓶笙堪入聽，鬢絲禪榻散茶煙。

世態翻新總不奇，眼前何事苦支持。錐難脫穎思毛遂，琴本無弦愧子期。戒飲瓶餘迎歲酒，偷閒案有遺懷詩。幾時共著遊春屐，村柳含風少俗姿。

信是春風不世情，幽棲煙景有誰爭。任教缺陷天難補，歷盡崎嶇路自平。紀歲身從前度老，看書眼爲古人明。感君更贈新詩句，寫到梅花徹骨清。

遠遊

遍歷名山眼倍明，鶯花送我策驢行。好從白下懷梅尉，不解青門弔邵平。酒榼詩囊供作客，芒鞋草笠有餘情。孰知垂老成虛願，臥看春雲次第生。

題琴士齋壁

一簾細雨溼茶煙，次第風光到眼前。自是人閒春有價，賣文贏得買花錢。

書懷

焦桐休慨賞音難，欲問窮通興已闌。不惜與梅同瘦損，每思爲竹報平安。方干應舉終成隱，翁子長貧竟得官。笑我行藏兩無據，月涼如水倚闌干。

紛紛萬態幻雲煙，無計偷閒便可憐。作壁上觀終好事，爲溝中斷早忘年。須知盧杞真如鬼，未必莊周果是仙。睡起不勞尋舊夢，一聲嚦鳥落花天。

悲歌

向誰感慨發悲歌，一點心光子細磨。匣底青萍頻拂拭，鏡中白髮太婆娑。此生不下孤寒淚，何處堪尋安樂窩。驚絕鴒原來惡耗，雁聲淒斷渺關河。

再題彭孝女墜塔記

鈴語淒咽悲遠天，風吹落日浮圖圓。孝女對佛如對母，幽魂誓守香花前。彩雲墜地趺而坐，等閒疑現青花蓮。蓮花座下分香火，新祠特證菩提果。紫竹叢裏飛白雲，親容咫尺佛光大叶。吁嗟乎，孝女之烈非矯情，孝女之孝孰能名？鐫碑詞奪邯鄲豔，作誄文誇希逸工。別有深情寫不得，半天花雨香濛濛。邇來已判天人界，如雲士女爭報賽。翠羽明璫尚儼然用句。神弦彈出思親淚，君不見，女貞樹傍萱花明，祠前杜宇嘑春風。死無餘恨填東海，生得承歡同北宮。迄今窣堵坡前路，縹緲時聞玉笛聲女遺筆囑以所蓄長笛殉之。

哭于筠庵

南有吟亭筠庵齋名亭已荒，吟魂縹緲歸北邙。老妻瘦病麻衣凉，更無稚子傳青箱。蕭然四壁煙煤長，瓦盆土銼環匡牀。賣文滋味君慣嘗，抵死未儲隔宿糧。阿兄地下貧異常，青銅壓背凝土香。賴君此去相頡頏，覼面空驚成老蒼。閻羅無詔科文章，懷才泠臥黄泉黄，風吹榆莢落墓旁。羣鬼揶揄氣不揚，更無滴酒澆詩腸。壎篪聲啞悲死喪，遺詩千首什襲藏。我亟索之轉徬徨，豈是六丁下取將。竟如滄海沈珠光，飛飛青鳥來何方？一編擲我頻迴翔，悲風淒切吟空廊。爲君刪訂君勿傷，門前桃李欣成行。行將刊布森琳琅，隻雞斗酒吾敢忘，撫棺一痛飛青霜。

再哭筠庵

放懷洗盡窮愁態，那識人間去住難。無礙自應先作佛，多情未便早生天。牽來布被誰爲殮，贈到綈袍始蓋棺。畢竟孤寒堪痛煞，昨朝已罄賣文錢。

楊龍友白描觀音

九蓮菩薩作人語，泣奉香花雜鐘鼓。荊棘銅駝飛劫塵，楊枝甘露凝焦土。鸜鵒驚飛紫竹殘，莊嚴寶相誰能補。倉皇南渡起新宮，千章大木出江中。社鼠城狐馬與阮，枉將呵護推神工。幸殊老佛流亡日，止借羣魔擁立功。貴陽別有人中彥，相隨拜爵迎薰殿。關懷清議費調停，恣意君王事荒讌。菊部歌傳燕子箋，板橋釁起桃花扇。可能嚼蠟視横陳，一葉菩提登彼岸。惟君筆妙勝龍眠。幾度沈吟倍惘然。那堪半壁圖王會，還愧盈庭繪百官。講學盡爲辟支果，説詩誰解上乘禪。澄思渺慮若有得，毫端放出佛光圓。縹緲白雲渡南海，閻浮世界滄桑改。香象羚羊無迹尋，輕綃細墨含毫灑。煙火人間未許侵，似曾滌以八功水。乞將慧劍斷根塵，戈矛鐘鼎自紛紜。蒲城即是皈依地，白日當天碧血新。耐得詆諆成解脱，還從豪俠悔沈淪。木魚禪板誰先覺，勝水殘山總夙因。太息先皇臨幸處，繡幢梵夾署將軍。

和白香山掩關即用其韻

我非好事者，世事苦相干。蕭然數卷書，安得長掩關。命宮坐磨蝎，不樂將損年。直道在人心，默默天無言。君子不憂懼，貞以歷其艱。何來載鬼車，乃在有無間。往遇雨則吉，息影歌閑閑。

有感書劉孝標廣絕交論後

當年膠漆定如何，風燭驚心付刹那。幾見秋墳添宿草，無端逝水起迴波。五交誰向生前悟，三釁偏教死後多。我愛仲回能遠慮，不嫌謝客老煙蘿。

餘年

餘年筮得井初爻，坐看斜陽上柳梢。身外功名同拾瀋，畫中泉石想誅茅。說詩頤解知誰是，問字窗寒任客嘲。已分此生成長物，摩抄敝帚未能拋。

書毘陵許母朱太淑人偕子媳孟宜人暨孫男孫女闔門殉難節略後

打門悍賊走且驚，騰空烈焰轟雷霆。相攜童稚義無辱，亂踏紅雲朝玉京。毘陵許母松筠節，將雛弱媳心力竭。狂寇掀翻孝渚波，佳兒遙隔燕山雪。仰天乃大呼，日白雲模糊。舉室羅而拜，效死何躊躇。朱鳥呼風赤龍叫，百靈趨迓承丹詔。霞幰蜺旌相後先，光明無礙貞魂笑。君不見，連城苦焚掠，極目愁烽煙。火光明滅刀光寒，倉皇走避無死所。十或一活皮肉羶。詎知棄兒失母蹂躪外，坐看火宅生青蓮。青蓮影裏驚塵絕，證來佛果無生滅。任教殘劫換紅羊，甯惜全家埋碧血。遊子歸來哭冷灰，池枯壁斷餘阿誰？比鄰老僕泣相訴，親見生天一炬時。幾日飛章奏天子，優詔煌煌照閭里。門巷淒迷餘燼中，祠堂巍煥連雲起。試看女貞雙樹鬱鬱抱孫枝，千年香火從茲始。

舟行即目

秋光潑眼十分清，買得瓜皮自在行。水底有天雲不定，籬根無地樹還生。美人樓圮荒園在水之東有佟氏豔雪樓遺址，大將營開驛路平時楚軍駐紮天津。搔首漫增今昔感，歸途風送一帆輕。

河干酒樓晚眺

蓬壺縹緲隔蒼煙，放眼憑看大地圓。倒挹波光浮座上，平分帆影落樽前。魚鹽坌集喧成市，鷗鷺高飛別有天。我欲乘槎雲外去，支機石畔聳吟肩。

題于阿璞蘭言草

一枕梨雲夢醒時，拈來紅豆最相思。玉谿生已風塵老，猶自殷勤唱柳枝。

和孟小帆秋齋夜雨書懷

客去西窗一枕涼，瀟瀟落葉亂嘶螿。閒看鬚鬢心先退，貧有詩書味自長。矮几殘鐙風雨夕，黃花紫蟹水雲鄉。幽棲能得林泉趣，底事王維華子岡。

附原作

斗帳鐙昏角枕涼，單寒滋味似他鄉。本無陶令公田秫，空想王維華子岡。半壁茅茨巢病燕，一庭松桂怨嘶螿。阿綱阿繪今誰在？臥聽秋霖漏正長。

小園晚步

近市耐囂塵，向晚人聲絕。暝色空際來，瓦溝明積雪。

哭晴嵐蓮洲兩弟並敘

晴嵐六弟，司訓遼左；蓮洲七弟，作客邯鄲。別離之感，情難已矣。乃不數年間，復相繼病歿。關河無極，幸旅櫬之歸來；門戶將衰，念遺孤其誰託。愴懷老境，聊付悲歌。

忍淚晨昏慰白頭，雁聲凄斷阻庚郵。彌留病榻家山遠，落寞靈輀驛路秋。兩地馳驅抛骨肉，一門細弱哭松楸。衰頽似我何容死，雨壁風窗滿目愁。

息機一首

電光石火中，人情有百變。眨眼輒消滅，奚翅雲煙幻。當其未滅時，亢激嗟龍戰。意險計則深，氣償神已眩。吾欲息其機，坐覺天心見。

河溢

野艇高於屋，長河入市流。至今傳馬頰，無地劃鴻溝。土堠參差沒，沙禽汗漫遊。幾時歸大壑，風雨海門秋。

自述四首

春風無夢到長安，寂寞閒庭獨倚欄。居遠市塵何待隱，相非肉食不宜官。枝頭好鳥催花發，墻角晴雲當畫看。還惜良朋成久別，飛鴻縹緲暮天寒。

卜市何嫌早下簾，吾生損益不須占。未容著述成孤憤，別有心期愛古廉。名士從來如畫餅，美人端自出無鹽。是非千載憑誰說，仰對青天月滿檐。

坐看浮雲往復還，得從事外賦閑閑。敢將創論驚時輩，自惜殘年守故關。歲晚挑鐙詢稼穡，客來煮茗話湖山。何須秘本為談助，世說新書一例刪。

未堪利涉好收帆，笑指長林日半銜。幾輩在山盟白水，阿誰失路泣青衫。袖無溫卷干卿相，座對幽人勝史監。卻羨秋高鷹隼疾，摩空健翮迥非凡。

擬韓退之秋懷十一首即次其韻

皇天不嗜殺，黍稷皆薿薿。奈何秋水泛，混混來不已。我稻已沒頂，嘉禾亦生耳。無從分陌阡，浪花落復起。試問去年秋，災傷曾何似。今既耕且耨，乃復奪所恃。鄭重語波臣，疾流須順軌。忍飢把釣竿，得魚且歡喜。
萬物一吷耳，何心問榮悴。秋來神迹清，適得行吟地。天遠雲復閒，俯仰聊自恣。是孰弄狡獪，譊譊嘲同異。同異何足云，無名乃爲貴。

蟋蟀吟秋風，其聲抑何曼。抱膝與唱酬，挑鐙具晚飯。把酒不成醉，戚戚何所願。微蟲振餘響，隔窗似相勸。生人本平等，區別浩千萬。敝帚雖自珍，敢同芹曝獻。天氣有肅殺，至人無尤怨。

有生盡附熱，安知霜雪淩。所求復幾許，營營笑青蠅。餘腥雜衆臭，有好無所憎。涼風時一埽，肅肅生威稜。黃葉落樵徑，空潭冷魚罾。笠蓑適所適，人謂客無能。

幽草淒已彫，老鶴兀自警。露霜各有時，年華爲誰永。途窮志愈定，退勇進勿猛。僶俛鶩前路，一蹶淚如綆。後悔不可追，有得何非幸。卑棲差可安，浮念未易屏。

薄遊不知處，疏林散清景。泛棹秋水淺，入窗秋月冏。有杯名碧筩，荷敗取其梗。近嗤蟲語細，遠慕驥足騁。吟罷黃葉詩，更以他題請。

懷玉惟待賈，明珠詎投暗。歲時自代謝，舒慘兩無憾。身閒得神遊，室陋無鬼瞰。高文足聲味，誰復耐希淡。一變逐頹波，浸淫而泛濫。江河嗟日下，坐視那能暫。寶筏及時來，羣帆盡一纜。支派有區別，源流待校勘。豈但饋貧糧，一石與一甔。

海上有仙人，霞舉何軒軒。草木不彫謝，烏兔空追奔。偶一眺塵世，悽惻不能言。灰冷燒劫後，悲深造劫前。獨有枝上蜩，風露清可餐。但能脫糞壤，差勝哦瑤編。地迥聲自遠，爽氣盈大千。羣生半自賊，何用空悲酸。掉頭不復顧，山靜枕石眠。待爾出山來，相期五百年。

綠陰滿窗戶，不逐秋風乾。有客顏我室，號曰碧琅玕。無枝結鳳實，埽葉烹龍團。歲晚轉娟秀，午晴報平安。拓地無一畝，引水觀其瀾。坐邀明月上，晶瑩小於丸。我思王子猷，枉駕停征鞍。

大塊有噫氣，萬竅同一聲。翻空木葉盡，壓地霜花明。我觀造化機，不息惟一誠。物盛則當殺，靜者持其盈。明王崇禮樂，豈能廢戎兵。舉目忽清曠，負暄坐南榮。衆理須歸根，默默誰所令。

一洗煙塵空，秋容淡愈好。豈有巢幕患，燕燕去何早。鯫生尠遠慮，偃仰幸自保。心慚飲水清，形笑食蔬槁。閉戶理書策，因文庶見道。

匯泉書院南池歌

北窗日暖松風酣，危坐誦經聲諵諵。濠梁樂意誰與說，開軒四座清光涵。環城三水通地脈，源泉湧出何清甘。幾年棄置雜蕪穢，荒蘆蓊翳無人探。一旦闢作會文地，庀材不數楩與枏。斬蕪除穢出新意，長廊深廈供清談。天光雲影看不定，一池滉漾屋之南。微風吹波碧瑟瑟，垂楊倒印青毿毿。觀水有術不在遠，臨淵興羨能無慙。我來更玩愛蓮說，香遠益清融書龕。板橋當戶月初上，捲書垂釣人兩三。有時詞源倒瀉三峽水，長鯨入手輕蛤蜬。漫將半畝嗤別派，還如千尺窺深潭。闌干拍遍意無限，誰賡魚藻輝縹篸。

碧琅玕館詩續鈔卷三

雪詩效歐陽公禁體 吳質夫太守觀風題擬作

短檠無焰析聲絕，磨來硯瓦冰隨結。詩魂欲語色相空，颯颯打窗夜飛雪。坐穿木榻虛無氈，臥擁布衾冷於鐵。曉起開門更遒緊，繞階瘦竹愁欲折。奚奴擁帚十指僵，寂寂深巷人蹤滅。笳聲何處起點兵，馬蹄聲啞猶汗血。想見長旗紅復紅，碉樓縹緲入寥泬。安得置身最高處，混茫大野看落屑。荒村野塢全模糊，接畛連畦失凹凸。還思妙手寫新意，寒光滿紙驚飄瞥。懸之素壁心眼清，朗映軒窗慰孤潔。

海防五十韻 吳質夫太守觀風題擬作

至治無中外，車書四海同。重洋求互市，五利在和戎。蠢爾鯨鯢族，跳梁渤澥中。窮邊看日出，幽谷借霞烘。沿海波無極，中原路可通。蓄蜂終蘊螫，養枳恐延叢。濟變還防海，先聲欲發蒙。連城尋舊跡，勝國少全功。法敝監軍重，權移市舶空。紛紜成利藪，勾結出梟雄。競與供蔬米，何由振潰洫。禍深桃渚後，路阻柘林東。列郡方流毒，盈廷自內訌。諸臣頻逮問，大將妙和衷。不犯權奸忌，還憑寶藏豐。殺降威益振，反間計偏工。置酒酣高會，書勳晉上公。寇氛看復熾，將略為誰窮。別有雄師出，憑教百道攻。合圍防鋌鹿，設險截飛鴻。猘犬休牽尾，生駒要握騣。有堝名望海，列嶼即屏風。砦壓驚濤碧，旗連返照紅。灣從湖口絕，澳據海門崇。共祝波如鏡，何時柱鑄銅。一心聯指臂，四面走艨艟。遠募兵宜散，空名籍漫充。頻年開釁隙，萬眾化沙蟲。幸際皇猷煥，重瞻聖德隆。無邊開板籍，分道入帡幪。海澨全無警，波臣解效忠。鴂音聞格磔，卉服總氋氃。東莞輸蒼玉，元菟納白絅。有誰還鼓浪，無地不呼嵩。孳息潛生鱷，奔騰狡似狨。壞雲飛陣陣，毒霧灑濛濛。射影機難測，吞舟患未終。即今勞撻伐，無事用牢籠。列戍遙傳箭，三山好挂弓。穴宜窮島嶼，氣早振羆熊。惡草隨風偃，妖金入冶融。遊魂能懺悔，大造自寬洪。待罪齊頹顙，先驅盡鞠躬。聞風誰反側，繼絕起疲癃。早識窮無赦，胡為悍不聰。晴雲浮蜃市，駭浪息鮫宮。斥堠通南北，神人泯怨恫。朝宗來萬國，伐判邁三朡。瑞叶虞廷荚，春深漢陛楓。更看寰海外，獻曝日曈曈。

撿舊作感成一律

垂老耽佳句，窗虛白屋寒。神將遊象外，魔已覷毫端。曾得驚人否，須知放筆難。飛鴻餘爪迹，祇共雪泥看。

索居

百感同秋至，開軒酒半醺。友朋歡會少，兄弟死生分。樹冷鳴焦葉，天長有斷雲。索居驚歲晚，蟲語不堪聞。

聞滄州老友于阿璞生子詩以賀之

佳兒捧檄早知名，聞説瓊枝又側生。昨夜文星照滄曲，知君含笑試嗁聲。
朗吟樓畔寄閒身，一水迢迢欲問津。更願皇天留老眼，唱酬好待小詩人。

老屋

老屋秋風裏，新涼一枕知。詩心隨去雁，花事問東籬。室靜書抛後，茶香客到時。那堪理愁緒，兩鬢已成絲。

即事感賦二律

有誰得似信天翁，百歲光陰逐逐中。敗木當流還作浪，飛塵歷劫易驚風。人知錢幣無甯宇，古不衣冠亦倮蟲。渺渺孤懷何處著，一簾煙月總朦朧。

滿眼豪華迴絕倫，憑誰妙筆頌錢神。歸裝陸賈堪娱老，避地陶朱不耐貧。得號素封真有術，從教白屋頓生春。如何長此幽棲者，翻向當場冷笑人。

枕上口占

霜花壓屋一鐙紅，獵獵窗前落葉風。何處連營吹畫角，驚迴殘夢五更中。

郭聘卿世丈話舊出行看子索書其上

天風吹塵變滄海，烏飛兔走誰長在。巋然如見魯靈光，落落風規推老輩。笑余攬鏡成華顛，惟公寫照猶朱顏。憶從侍坐蓬門裏，我始成童公少年。家君好客開三徑，兩家兄弟聲相應。白眉穎異最能文，瘦骨崚嶒偏善病。座上欣逢老鍊師，能使寒谷迴春姿。閉門時作五禽術，龍馴虎伏通天倪。從此相隨稱弟子，綿綿谷神恆不死。更披墨藻下書帷，旋採芹香遊泮水。搔首無端喚奈何，男兒識字憂患多。妻孥詎以賣文活，風雨空為彈鋏歌。人生何事非遊戲，里門不出真小器。藍山竇肆自人間，放眼關河風景異。皇圖三輔足豪遊，襆被鞭絲幾去留。悔以貲郎成薄宦，還將鹽筴話從頭。忽傳海上驚濤惡，津門咫尺聞擊柝。遙指漁陽是樂郊，鹿車共挽風蕭索。揭來卜宅兼卜鄰，開田望杏歌陽春。那知人事多反覆，更載輕車踏軟塵。青蒼四望如新沐，松雲影落盤山麓。舉家避地俟河清，盡日當窗飲山綠。彈指光陰年復年，高軒過我悲無端。煮茗圍棋成隔世，雨窗雪案尚依然。盧駱王楊孰先後，獨與公家交最久。披圖把筆不忍題，往事凄迷能再否？早歲知公解養生，鬚眉益古神益清。何時得免風塵走，歸來更作忘年友。

春寒

已返東皇駕，翻教冷不禁。徑荒春寂寂，窗暝晝沈沈。抱膝吟雙鳥，披圖演五禽。莫愁風雪緊，歸雁有餘音。

六十初度

白屋青氈未了緣，癡頑又到杖鄉年。無端愁緒抽將盡，有限心光鍊不圓。敢信枯禪能作佛，空留故我後生天。任他靈運饒奇語，羈絆名場劇可憐。

幽棲何必住深山，判罷雞蟲自閉關。動念須分生殺氣，稱名恆在重輕間。里門不出偏宜懶，書卷猶存未肎閒。卻怪浮雲無定所，被風吹去復吹還。

拭目衡茅見中興，風雲在望氣崚嶒。出門西向方成笑，擊楫中流恐未能。爛漫春光添白髮，承平況味耐青鐙。階前片石忘形久，說盡悲愉總不膺。

更無閒埽落花時，空聽深林叫子規。銷盡筆鋒森似帚，磨殘硯瓦膩於脂。海天風雨三椽屋，塵世功名一卷詩。雲外鶴歸應識我，碧山幾度長靈芝。

誰云著手便成春，悟到天機若有神。瀉地泉聲都入拍，當空月魄不生塵。一堂歌嘯真奇遇，千古文章少解人。最好木樨香發處，眼前風景共清新。

天然位置不須占，蹇遇初爻夢亦恬。遠樹含煙疑路盡，虛窗欲雨覺風尖。蟲依敗蓼渾忘苦，蜂釀羣花如許甜。一樣辛勤都有味，東坡休怨食無鹽。

坐覺春陽到敝廬，不才久已負吹噓。門藏深巷難容馬，地近滄溟好食魚。投老曾無營壙計，傳家豈借納楹書。昨宵疑得希夷法，紅日三竿夢醒初。

一窗鐙火足清談，知我非關七不堪。可有高賢曾割席，漫誇彌勒與同龕。詞鋒犀利方追北，理窟遙深待指南。惆悵河橋新贈別，月明何處息征驂。

雲天一紙忽飛來，別有離情鬱不開。憶弟米鹽羈衛水，思兒襆被問叢臺。依人兩地蠅頭誤，就傳當年驥足猜。報到平安遙慰我，呼僮花下發新醅。

祇宜卜築向花村，春韭秋葵子細論。入座清風如有約，照人明鏡不留痕。身無王事能將母，時剖餘甘好弄孫。老樹當窗生氣在，詩成擲筆笑桓溫。

聞道

聞道春風度塞原，全無烽火照崑崙。平沙彌望桑麻熟，列戍騰歡節鉞尊。自古將才推定遠，即今儒術薄公孫。老來喜見和羹事，萬柳成陰入玉門。

題梅小樹燕代游草

平居抱奇氣，五岳起胷中。自歷萬山險，翻教壘塊空。風塵為客久，鞍馬出關雄。怪我書窗老，雕蟲技未工。

梁家園

夾道垂楊生暮愁，梁家園外水空流。尋常挑菜春風路，並起西洋百尺樓。

庚辰出都感賦

來日何須說大難，一家笑語有餘歡。問誰得免從前誤，凡事端宜向後看。廢圃花開空自媚，深宵月滿總多寒。流鶯百囀催人起，臥對春風興已闌。

題趙星聯世曾太史倚笛樓詩藁

看詩如看山，觸目境屢變。攬之未能盡，精蘊時一見。徑曲與委蛇，迴巒續復斷。雜花被幽谷，倚風各婉孌。時鳥哢好音，笙簧邈雲漢。即此移我情，一唱復三歎。那知造化力，別與開生面。乍覩心已駭，縱觀雙目炫。壁削神鬼愁，林黑風雨戰。哀鴻叫天末，落葉響空磵。闔闢攝百靈，舒慘乃互判。惜無荆關手，寫入鵝溪絹。一卷忽飛來，精光照几案。展讀未及終，邱壑參差見。卓哉趙倚樓，雲水胷中鍊。

詩更妙於畫，臥游不知倦。

和孟小帆述懷即次其韻

差免車前拜下塵，歸來珍重苦吟身。敢云和璧非欺楚，未讀陰符悔入秦。盛世風雲真異數，空山草木自成春。試看寂寞揚雄宅，曾否無慚問字人。

附原作

銷盡京華萬斛塵，空山依舊薜蘿身。才名豔說歸熙甫，詞賦終輸謝茂秦。明月乍來偏欲曉，綠陰雖好卻非春。閒中笑看蠶成繭，不斷柔絲吐向人。

太常仙蝶圖

羅浮仙蝶何媚嫵，化作美人妙歌舞。太常仙蝶虎皮裙，衹解飲酒稱道人。道人何不遠居九琳之堂八瓊之館？乃獨羽化於太常隨龍旂而宛轉。吾聞仙蝶之仙，天上人間，曾邀御賞，拜舞翩翩。尚書宅裏，侍御堂前，飲瓊漿而欲醉，何勞吸露於花田。我亦酒徒，長安小住。嗟爾蝶仙，胡不我顧。旅館闃無人，一笑悟其故。翻然歸去隨長風，縹緲羅浮又何處？

行藥

行藥城南路，秋光蘸水新。蒹葭渺無際，可有枕流人。
暝色生遠天，茅茨隱高樹。放鴨爾何人？一竿煙際去。
我亦倦歸來，入城見鐙火。蝸居白板扉，墻竹煙枝妥。
呼兒具晚飯，報到籬花開。移席苔階下，銜杯月上來。

勵志詩 有序

士各有志。至事與志違，幾無以自解，其中殆有數焉。而吾志固猶昔也，作勵志詩。

瑾瑜每匿瑕，川澤亦納汙。聞之古先達，其理信非誣。我思抱冰玉，誰復甘泥塗。多求實大恥，矯廉豈通儒。勢極魔乃生，美名不易居。行拂亂所為，重為心之痡。桑海有遷變，吾志終不渝。

送郭琴舫春瀛賈子貞炳元之官閩中並序

琴舫、子貞，吾老友也。困躓場屋數十年，始博得一官。又遠在閩中，不禁且欣且感。但以少而共學之人，同作宰一方，異日治民行政，互相規戒，必有無異於下帷時者。賦此贈別，即為兩君糊壁。晨夕對之，當無忘坐老寒窗，尚有一頭禿齒豁之故人，時為之翹首而佇聽循聲也。

雙旌縹緲拂晴氛，引領南天路不分。百里封疆同作宰，卅年風雨舊論文。官清笑飲連江水，政簡閒看北嶺雲。此去經權好相濟，有人沽上悵離羣。

局促

局促名場四十春，眼前無地洗紅塵。洞庭秋月峨嵋雪，領取高寒有幾人。

老去

老去登臨當遠遊，夕陽黃葉易驚秋。且將倦鳥歸巢意，聊作寒蟲塞戶謀。硯鐵有靈誰鑄錯，書田無界好埋愁。自從耐得塵囂後，不羨仙人十二樓。

寄兒子葆元

長風送征雁，為爾報佳音。介壽重闈健，題詩稚子吟。壞檐無墮瓦，秋雨未成霖。更有西園樹，墻頭弄好陰。別我已三月，風塵隔幾程。書生須本色，當路亦人情。事濟公私協，財疏去就輕。臨觴毋縱酒，免作不平鳴。

哭華壽莊

壽莊吾老友，謹愿出天性。常懼世途險，不欲與之競。奈何偶試之，遽爾殞厥命。

半生守一衿，淡泊若素定。棘闈一見黜，橐筆那能更。知我二十載，切切非貌敬。

坐談每向夕，梨棗席間飣。君亦不解飲，無事行觴政。蒔花三兩叢，惜無羊求徑。

時從市坊來，歡喜意難罄。書畫半名筆，待余共商訂。眼前貴適意，事過如墮甑。

即此見真吾，寸步不敢騁。一旦理鹽筴，阿誰執其柄。本乏會計才，所遇半梟獍。

流細魚上鉤，機深獸落阱。隻身去鄉井，獨抱幽憂病。忍痛寄書來，字字血淚迸。

噬臍悔何及，照膽無秦鏡。亟思往喻之，束裝未及竟。詰旦惡耗至，鬼門幽且夐。

痛哉君太愚，誰云非正命。寸心指白日，終古耿相映。當君寄書至，阿郎病已久。

一夕歸黃泉，與君相先後。老妻對弱媳，夜夜朔風吼。靈輀隔鄉縣，幾時正邱首。

季也冒雪行，飢烏號枯柳。生死兄弟心，暮夜兼程走。憶昔話朋輩，門祚君獨厚。

有三丈夫子，兄愛弟則友。仲獨秀而文，琢磨逾瓊玖。來學隨乃兄，為文恆不苟。

一日並採芹，譽者不絕口。君乃顧之笑，喜氣溢戶牖。從此更精進，一編不去手。

奈何未授室，奄忽竟不壽。去歲殤幼子，埽愁已無帚。今益難為情，苦衷孰與剖。

彈指十餘年，何心計升斗。無端墮塵網，萬事遂紛糅。賫恨歸黃壚，猶自呼負負。老妻誓同歸，烈哉真嘉耦。哭君兼慰君，何憂亦何疚？一門復團圝，差勝人間否。

趙忠毅公鐵如意歌 並序

明之天下，失於思陵，實失於天啟。而宦寺專權，則由於燕兵南犯，若輩有開城迎降之功。太祖鐵牌之制，不復存矣。趙忠毅公自製鐵如意，意在擊大閹。因論及之。

有客悲涼吹鐵笛，勝朝遺恨填胷臆。摩挲故物泣忠魂，一曲歌成風雨黑。雁門遠謫昬天閶，驚天一疏鋤奸璫。九死那能如我意，錚錚尺鐵森寒芒。提攜萬里君門遠，奮擊無路如意短。赤狐跳立黑烏翔，臣罪當誅豈容逭。唾壺擊碎叢百憂，賜環無日邊城秋。孤臣利器此爪杖，坐看患氣盈九州。河山元氣疇能補，併入丹心照千古。官家大錯鑄已成，感慨空持如意舞。流毒他年飛劫灰，銅駝玉馬隨沉埋。純精百鍊遺手澤，鬚眉如現神不摧。上圖日月背五岳，手握造化驅黔雷。吁嗟乎，飛來燕子重城開，無復宮門懸鐵牌，有如公者胡為哉。

中秋微雨竟日漫成一絶

一簾微雨溼秋痕，今夜何人共酒樽。好借吳剛修月斧，萬山深處斸雲根。

厲壇並序

津邑舊有厲壇，廢久矣。歲戊寅，大旱，凡就食流民，為分別男女以處之。一日不戒於火，婦孺死者四千餘人。有司即其地復設厲壇，招僧住持，歲時建醮。傳曰：鬼有所歸，乃不為厲。此厲壇之義也。

鄉關路暗幽魂泣，焦骨成堆煙草溼。縹緲香花建醮壇，撞鐘擊鼓喧遠天。鬼影幢幢佛光裏，楊枝灑出八功水。回首生前一炬時，數千婦孺呼號死。孺子有父婦有夫，哭向灰燼中，焉能辨有無？骿尸叢葬歸不得，天陰月黑風嗚嗚。風聲鬼聲渾莫辨，青燐出沒行人斷。荒林廢圃迴生愁，怪鳥妖狐等閒見。嗚呼，枯腸欲灼兮無酒無漿，殘骸長祼兮何衣何裳？佛力廣大兮度之以慈航。嗟爾勿為厲兮歸故鄉。皇恩無外盡王土，為民牧者甯殺汝。欲教火宅生青蓮，臣力既竭佛能補。君不見，耕三餘一禮所垂，鄉里不出民熙熙。縱有水旱無菜色，生有所養死有歸。一壇頂禮諸菩提，惟願時暘時雨無愆期。

夜坐感舊

賭酒聯吟地，年來太寂寥。鐙昏人影淡，巷僻漏聲遙。故舊嗟誰在？蒼茫賦大招。詩成還抱膝，風雨正瀟瀟。

秋郊寓目

黃葉絢秋光，西風驛路長。暝煙沈遠寺，人影落寒塘。故壘周遭在，連村報賽忙。林深無客到，鳥語送斜陽。

塞上曲

天戈西指向花門，地盡流沙殺氣昏。一曲涼州魂欲斷，回看萬里是中原。
絕域重開日月光，沙平草短散牛羊。八城復後東西定，早見風清葉爾羌。
刁斗無聞節鉞尊，茫茫瀚海接崑崙。試看萬柳成陰後，一路春風到玉門。
僕射今真似父兄，十年生聚費經營。頓教荒徼成都會，笳管全無出塞聲。

漫興

供來菜把逐時鮮，隨意登盤不計錢。白屋依然休問世，青鐙無恙已忘年。栽花春滿分枝後，擲筆神遊造字前。老去何因偏斷酒，曾經醒眼看烽煙。
頻年戰伐逼三津，遙望南天倍愴神。作息一廛空著我，支持大廈豈無人。雷行電掣煙塵埽，川媚山輝日月新。竊譜凱歌書大字，管城無警自生春。

晚菊

秋芳歇後凍雲遮，獨抱春心挽歲華。留得東籬顔色好，肎將晴雪讓梅花。

漫題齋壁

老作村夫子，榮枯不與聞。秋心沈雁影，春夢幻梨雲。客送黄封酒，書慚白練裠。文章千古事，何以滌塵氛。

張孝子並序

孝子名淦，字德華，天津人。吾師書田先生次子也。性純厚，夙以孝稱，隨侍延慶州學署。年僅三十有一而卒。其卒也，為母病禱天，減己算以增母壽故。減算之說，儒者弗道。但人子愛親之心，有加無已，如以理所必無，少存轉念，則孝有時而窮，抑亦可以自寬矣。夢帝錫齡，載之於禮，雖慈與孝有間，要無事訓詁家紛紛聚訟也。

嗚呼孝子，既病且死，死亦其常，何使人聞之輒嗟歎而不已？一解。人子一身，受之吾親。能全吾親，何有一身？敢云壽夭有命，但聽之鬼神。二解。孝子死矣，驚傳閭里。還視東齋，風淒似水。漬血在地，歷歷可指。見者詫之，幾莫知所以。三解。緊惟母病，積時未痊。誓以身代，天也無言。稽首泣訴，額血斑斑。深入地者寸許，拭之而愈鮮。四解。母病愈矣，歡喜無涯。何以奉親，冬竹抽芽。何以娛親，語無咨嗟。時學柳敬亭，不廢小說家。聽之苟不厭，安知更鼓鳴蝦蟇！五解。孝子事父能為子，孝子事母則猶女。阿姊云亡如未亡，天留缺陷人能補。日共笑言，夜視寢處。古有黃香，君真其伍。六解。虔祝遐齡，春暉滿庭。如何母氏，目翳忽生。日侍湯藥，憂心靡甯。呼之必在，更無他營，其目不交睫者每竟夕，視無形且聽無聲，而母目復明。七解。嗚呼！孝為庸行，孝子奇而不失其正。孝為美名，孝子歿而不愧所稱。曩侍父以履危兮，擬舍生而就死。旋代母以減算兮，雖已死而猶生。允宜仰荷夫天旌。八解。

余行年六十老大無聞長此寂寂人已漸厭棄之因復自號瘻士竊意如不才之木以其瘻也或製之為瓢或以為案頭山石猶可時邀一盼焉然又不免多一番打算矣

好把薪勞付後人，年華過眼自生新。晝長客去花無賴，夜靜詩成月有神。幾見英才乘運會，曾偕計吏悔風塵。不農不賈垂垂老，權作天家識字民。

老去翻多未了緣，問誰得似在山泉。一編風雨思前輩，四座觥籌避少年。敢謂不才成別致，祇因無礙見天然。鑪香爇後人聲寂，擬結團蒲古佛前。

碧琅玕館詩續鈔卷四

偶成

學也豈其優，束書議政事。仕也豈其優，閉閤談文字。執贄皆門生，分班半故吏。頭童齒亦豁，更作娱老計。搆得好園亭，殘陽欲西墜。儒林與循吏，可否名付驥。偶然念及之，早覓藏拙地。

阿芙蓉

飛來海外蜃煙濃，流毒中原路幾重。從此劫灰燒不盡，一鐙香綻阿芙蓉。

友人夜話

一室聊為楚客吟，圍鑪夜話感浮沈。擬尋野老區田譜，笑卻先生諛墓金。託足每嫌塵世淺，避人惟有醉鄉深。挑鐙坐到忘言候，窗外梅花冷不禁。

自責一首

憶昔少年時，徵逐無或休。家餘數卷書，意氣橫九州。奈何漸老大，乃復叢百憂。此嗟而彼歎，重為我之尤。我才拙已甚，我命豈不猶。食則勝糠粃，衣則備葛裘。有時耳目靜，抱膝發清謳。天公顧之笑，俾爾良獨優。匹夫戒懷璧，至人如虛舟。此心苟無著，眾願詎難酬。況已日云暮，恐貽末路羞。讀書緬古人，心平慮自周。一息未遽盡，俛仰懷前修。

明鏡

明鏡不自照，遇物無遁形。或從背面來，萬象皆昏蒙。所賴空明質，無愛亦無憎。妍媸不留影，恩怨何由生。

龐貞女 並序

貞女龐氏，父景雲，字秋巖。母張氏。居天津北趙莊。父早卒，女許字北倉趙禹門子錫朋，字夢與。娶有日矣，而夢與先期卒。時父母皆病，僅餘一弱弟。女欲往弔，母止之。女絕飲食，終日泣。母知其志不可奪也，送歸夫家。而姑又即世矣。翁病甚，女事之無弗至。翁亦漸愈，而家貧如洗。女質簪珥，以謀甘旨，餘悉珥夫弟。女有妹未嫁，謀之翁及母，為夫弟娶之。

阿姊拚作女貞花，阿妹待字垂鬌髿。記曾灑淚送阿姊，麻衣如雪歸夫家。青廬未及偕花燭，玉樓召去何太速。二老淒其病在牀，空餘弱弟哀哀哭。死者誰為葬，病者誰為醫？有叔未成人，誰為補綻誰為炊？女也聞之心悲摧，入門四壁酸氣吹。忍痛拜翁姑，翁姑泣不已。越日姑又亡，翁疾猶未起。含辛茹苦度朝昏，地棘天荆厭羅綺。牖戶綢繆年復年，叔將授室貧且艱。無地可求羊氏璧，有誰為致阮郎錢。是時阿妹未離母，賢淑堪作貧家婦。不惜蹇修巧致辭，加笄納采成嘉耦。一門操作無閒言，苦心作合成奇緣。姊妹相依為娣姒，宗祧不墜歡人天。吁嗟乎！為嫂服期，創自昌黎。況兄已早逝，乃惟嫂是依。從來有嫂可代母，殷勤且為結其褵。翁也顧之掀髯笑，貞坊百尺光門楣。

論詩五首

哇聲淫色競登場，大雅扶輪屬李唐。誰識鴻溝分界後，箇中古意讓齊梁。

依樣爭標樂府名，且憑舊譜寫新聲。杜陵胷次超千古，未肎隨人唱渭城。

依永和聲見化機，豈緣一字鬬新奇。東坡言語妙天下，開卷偏多疊韻詩。

興到揮毫一寫之，奈何強作擬人詩。縱教摹得鬚眉肖，畢竟悲歡屬阿誰？

接迹風騷寄興深，國初諸老費沉吟。自從袁枚趙翼翻瀾後，弦外餘音何處尋。

遊仙詩並序

遊仙之什，由來久矣。天邊青鳥，徒結幽思；洞口桃花，終成離恨。賦之者本無關諷諭，讀之者亦何與興觀！惟是怪怪奇奇，不外耳聞目見；遂覺空空色色，無分天上人間。但知有為而言，庶免無稽之誚。爰成絕句八首，命之曰「遊仙」，聊借以紀事云爾。

劉安丹訣好同參，舉宅相隨上蔚藍。越鳥吳牛齊悵望，羨他雞犬產淮南。

偏師一敗困雲房，遁入終南草木香。拚作諸天都散漢，人間壁壘幾斜陽。

碧落曾聞拜侍郎，幾回海外待巡方。鮫宮貝闕多儔侶，誤授靈符惱玉皇。

誓埽妖氛下碧空，昨宵拜敕蕊珠宮。如何袖得青蛇劍，不斬長鯨斬斷鴻。

一局山中白日寒，依稀樵路入雲端。斧柯未爛抽身去，勝負何須到底看。

別有仙人辟穀方，精廬小住送年光。朝朝飽啖青精飯，翻笑飛鴻覓稻粱。

丹成冐為俗塵淹，玉局琳堂次第探。多少洞天留不得，歸來月冷舊茅菴。

故紙頻鑽證夙緣，空聞脈望月同圓。無煩更食神仙字，領取幽香共一天。

讀史樂府十章

鴟夷子皮

鴟夷子皮，廢居候時，終居於陶始居齊，何復用此紛紛為？逃名適成名，其人吾不知。鴟夷子皮，人爭效之，效之衹以營其私。甯知盈滿乃為菑，能主財者須能施。鴟夷鴟夷信可師，抑公自號何其奇？曾見伍員事驕主，等閒賜之以鴟夷。

徐福山

徐福山，非人間。童男與丱女，教成歌舞何翩躚。上方頒賜多金錢，有如福者真登仙。徐福山，在何處？求仙不效秦皇怒。秦皇怒，奈爾何？茫茫碧海空煙波。吁嗟嬴秦之世遭鞠凶，其時海外猶洪濛。詎料蓬壺方丈煙塵驚，羣仙聚泣窮島中。徐福不死更何往，扶桑萬丈生悲風。

博浪椎

東海有力士，狙擊驚祖龍。世更無健者，阿誰與爭雄？祖龍死，赤帝興。鬬智不鬬力，數困於重瞳。博浪之椎冐再試，好與烏騅蹴踏追長風。胡為一擊之不中，遂寂寂而長終？或從倉海君，海外留奇蹤，爭似功成長揖尋赤松！

賀錢萬

賀錢萬主進者誰？胡不辨，素知季也好大言。升堂實不持一錢，高據上座無赧顏。呂媪詈之呂公喜，亭長歸來作天子。母后之權伏於此，此時刀筆中。亦復識真主，區區曾致奉錢五。

魯兩生

禮樂百年而後興，此論迂闊久不行。嗟嗟魯兩生，貽笑叔孫通。漢皇薄儒者，兩生槁餓風塵下。漢皇苦繁文，叔孫制禮苛臣不苛君。君不見叔孫諸弟子，始則罵之終則喜。阿師多黃金，阿弟為郎矣。寂寂魯兩生，千載而下佚其名。

南昌亭長

南昌亭長亦長者，淮陰寄食貧無那。泗上亭長真聖人，淮陰將兵乃如神。快償恩怨封王後，一飯千金酬漂母。南昌有故人，富貴能共否？緊惟其妻，為惠不終。晨炊蓐食不相容。噫嘻，彼婦猶常情行見，沈沈鐘室走狗烹。

巨公

鞭石渡海悲祖龍，抵死不到蓬萊峯。不知求仙自多術，老父牽犬尋巨公。人間故無此道號，仙人稱之人莫笑。聞道仙人好樓居，桂觀蜚廉金碧耀。飛飛青鳥鳴窗前，去天一握來真仙。祖龍不死見應愧，芝生九莖明夕煙。吁嗟乎，五利與文成，被誅何草草。神仙作將軍，丹成苦不早。君不見徐福求仙去不回，苛如秦法空爾為。童男丱女拍手笑，祖龍既去巨公來。

大煮鹽

大煮鹽，領鹽鐵，區區大冶亦同列。曩時不許衣絲，今日門高閥閱。析利及毫芒，法令乃滋張。心計之臣更有桑宏羊，磔人如鼠來張湯。羣吏坐市制非古，持籌握算臣乃良。薦之者誰鄭南陽。

三長史

陷湯罪者三長史，思湯之才惜湯死。更殺三人以謝湯，酷吏得君乃如此。得君如此，胡欲閒之。閒之猝以發其私。湯乎湯乎豈無辭？途窮卒兩敗，意險將誰欺。

相臣青翟徒委蛇，相隨自殺吁可悲。

黄石冢

黄石冢，瘞黄石，穀城山色無情碧。吾笑黄石公，不似赤松子。赤松自長生，黄石乃忽死。濟水東流去不回，秦封楚望安在哉？圯上老人作狡獪，冢中片石留餘哀。我欲與之語，佳城無復開。太公兵書想亦同沉埋，不然何以陰符熟讀多庸才！

歲暮友人餽生魚

古庖羲氏作網罟，紛羅水族鮮可茹。漫道魚鼈為禮多繁文，人世安能廢樽俎。我嚼菜根年復年，伐檀坎坎歌河干。歲聿云暮竈煙細，無從對客誇烹鮮。忽疑鸛雀來遠天，三鱓飛墮堂之前。旋知老友傷久别，殷勤為我充辛盤。家貧未有餽人獻，道遠不用柳枝貫。寒泉一甕清可人，活潑雙魚長尺半。將欲蓄之，我無清池；將欲縱之，其迂可嗤。庶人時祭以魚韭，熟而薦之禮亦宜。餕餘大嚼及童豎，潤我枯腸豈小補。縱然祀竈無黄羊，猶得開筵佐束脯。自笑老饕何貪饞，感兹情好能分甘。

自古在昔有同嗜，取求未許潛鱗潛。還思垂釣臨江潭，東風吹水來春帆時九弟有歸省之信。

去臘藹亭九弟來書約冰泮歸省過期不至作詩懷之

已是河干解凍時，茫茫雲水失前期。行如無礙歸休易，事有難言作計遲。辛苦依人凋客鬢，閒關將母長孫枝。壺中蓄得迎春酒，待爾登堂奉一巵。

題于阿璞翠芝山房詩草

吟成一字九迴腸，鄉入溫柔夢亦香。桃李容華梅骨格，從今不敢薄齊梁。

書院題壁

沈沈藝院傍廉泉，憶否傳鐙古佛前書院東學舍為天安寺遺址。卌載丹鉛文字債，一堂風月友生緣。好花競秀無凡豔，老樹留春倚暮天。將擬坐忘尋妙諦，譊譊已落下乘禪。

獨坐口占二首

鎮日寂無人，漠漠天欲雨。樹底好風來，緡蠻聽鳥語。

月黑蝙蝠飛，檐虛暗無影。深坐一鐙明，涼宵兀自警。

喜九弟藹亭歸自河南

久客遠歸來，一家皆驚喜。兒童訝客至，竊竊詢姓氏。老母拭眼看，喜極泣不已。諸姪半授室，無從辨娣姒。阿嫂笑語之，一一從頭指。我時與校文，去家三五里。越日橐筆歸，鬚眉盡老矣。憶昔寄爾書，每書必數紙。數紙猶未盡，瑣瑣書其尾。恨無縮地法，逐事話終始。一旦得連牀，布被大如此。意愜甯忘言，相看轉默爾。譬若文無律，動欲括全史。上下數千年，說之從何起。又如涉長途，夷險非一軌。水複山更重，歷歷魂夢裏。猝欲一述之，舉此輒遺彼。吾今喜爾歸，恰值風日美。阿母顧之笑，離愁頓如洗。無言勝有言，一室安汝止。徐以發其端，因端可竟委。詞源汩汩來，倒瀉三峽水。鄭重念宗祧，瑣屑及鹽米。更歎行路難，退尺進則咫。直方眾所忌，輭媚實大恥。我豈非人情，準情必酌理。歡聚曾幾時，又復束行李。有子名客兒，計年越一紀。我未試嘑聲，養之皆蘭芷。他日攜以歸，相隨奉滫瀡。好博大母歡，孫枝交階戺。即此老煙蘿，毋任車輪駛。

馮橐駝 並序

橐駝，天津人。販書為業，津人士咸親之，字之曰崑圃。父濬川，貧而介，素稱長者。有中表某，饒於財，歿後遺孤未彌月，為之代權子母。雖時值斷炊，終不用其一錢。迨某子成立，按簿授之，不再過問。有子四：長早逝，次即崑圃，生而駝背。以販書故，家漸裕，為兩弟授室。自誓不娶，有為議婚者，輒逸去。事父最謹，父歿，服未闋以疾卒。論者曰：有子若此，天所以為長者之報厚矣。而乃阨之以醜疾，何也？夫以偉然七尺之軀，坐享妻妾之奉，而忽焉長逝，寂寂無聞，宗族鄉黨且不無遺議其為人何如耶？吾於橐駝，重有感焉，詩以彰之。

君不見高車駟馬七尺軀，偉然儀表輝街衢。山邱華屋一彈指，欲詢姓字已模糊。

槖駝槖駝何如者？一廛溷迹風塵下。富兒大賈殊豪華，問誰顏色肎輕假。吁嗟槖駝非常人，販書獨與古人親。支離之叟自遺世，痀僂有伎能通神。況復鄉里推孝友，賦形自醜得天厚。直把琅嬛供息游，聊隨廛市權子母。往來談笑多鴻儒，高文典冊羅庭除。到眼能辨岑父鼎，關心偏校龍威書。愛爾得以多文富，字曰崑圃吁可受叶去聲。囊中有錢作書香，未許旁人說銅臭。一家和樂有餘資，阿弟連賦新婚詩。生成孤冷誓不娶，承歡膝下如嬰兒。吁嗟乎，有子若此天所眷。以善繼善如操券。阿戎清爽是佳兒，卒以聲華博憂患。槖駝槖駝實罕見。

沈孝烈女 並序

孝女名煥姑，年十三歲，天津人。家城内任家巷，屋宇數重。父季生，客他方，女隨母徐氏居。屋三楹，母與襁褓子居西頭，女偕兩弟居東頭。一夜別院不戒於火，女驚起啟門並呼母，火已撲入，母倉皇抱子出。女以兩弟故，既出復返。母亟呼之，女於煙焰迷漫中聲嘶而疾應曰「母速去」。語未訖，而屋頂壓焉。比明火息，撥灰燼視之，兩手各握其一弟之腕而死。蓋兩弟時皆臥病，女力弱，不能挾之以出也。嗚呼，烈矣！夫以孱弱幼女，而能於呼吸死生之際，孝弟兼盡，不忍自全，即古之志士仁人，豈復有加於是哉？津人士將請於有司而旌之，為誌其涯略如此，系之以詩。

至孝亦庸行，不幸以烈名。吁嗟此幼女，胡遇變而能不驚。獨無忝於所生。一解。回祿為災，天實不弔。朱鳥橫飛，赤龍夜叫。倉皇一室中，舉目孰可告？願將少女風埽地無炎熇。二解。拉雜摧崩，人聲沸騰。咫尺不相顧，烏知誰死生。女也少小心力并，迫切呼天天不膺。三解。「吾有母，兼有弟，吾弟臥病猶未起。烈焰無情乃如此。幸而全吾母，吾得與俱生。不幸無以全吾弟，吾忍去之使獨死？」孝女孝女誠烈矣。四解。嗚呼，精魂不泯兮將有餘悲，悵望阿父兮山川阻之。欲往訴而幽明異路兮，更覿面其何時？空房鬼哭聲酸嘶。五解。

依舊

快覩承平宇宙寬，閉門自種碧琅玕。彤廷誰進長沙策，白屋爭彈貢禹冠。任我耽吟堪送老，頻年無警盡騰歡。興來扶杖南原去，依舊蠻煙樹杪看。

新涼

木葉細吟風，炎熇散遠空。簾輕朝放燕，窗暗夜聞蛩。肅殺豈天意，清新見化工。還思近場圃，對客翦秋菘。

小齋

小齋殘暑退，地僻好尋幽。樹影淡將夕，花香冷帶秋。願從安硯處，更起貯書樓。即此供游息，清光萬里收。

送秦彦華茂才惪棩南歸

稅駕已三月，臨歧始識荆。俗偷存古道，歲晏動離情。山水故鄉好，煙塵寰海清。一帆歸去後，高詠看春耕。

星變

雞三號妖星出爾，職司啟明暉暉配。殘月奈何逞變怪，戾氣亙天闕彗耶。孛耶吾不知中宵，坐起空咄咄。安得倚天劍，橫空儘一剕。須臾日出萬靈悅，爾亦潛隨爝火滅。

賀黃星樵耀奎登賢書第一星樵為故友黃曉林哲嗣，亡弟鶴林弟子

爾今領解去，年已逾不惑。父執我僅存，喜極何能默。憶與乃翁遊，寄情惟翰墨。得句互欣賞，一笑忘日昃。爾時髡兩髦，客至恆侍側。少長讀父書，璞玉光猶匿。吾弟特發之，磨礲重去聲拂拭。過隙走白駒，人事不可測。那堪梁木壞，早抱椿庭戚。有弟髮未燥，撫之恆惻惻。家貧神不摧，骨傲行彌飭。室無隔宿糧，僅乃饘可食。計偕屢見黜，一舉豁胸臆。既刮主司目，允為多士式。爾翁困一衿，爾師空自力。幽魂如有知，泉壤亦生色。吾更拭老眼，春風滿京國。矯首看鵬摶，千里始一息。

謝滬上唐芝九茂才尊恒惠墨蘭

南國天下秀，蘭為王者香。併入詩人一枝筆，分枝交葉隨低昂。旋聞浩浩天風長，送之渡海來吾鄉。入門持贈意無盡，半窗晴日懸清光。乍覺幽姿動素壁，如逢佳士留餘芳。詎知特出寫生手，神遊七澤連三湘。高名共識唐山人，荷芰為衣菊作糧。別與幽蘭有深契，紛披墨藻淩青蒼。身行萬里無住著，春生空谷供徜徉。知君鐵筆百鍊鋼，為我更鐫私印森鋒鋩。

柬芝九

咫尺阻關河，知君正養痾。清談消客況，穩睡遣詩魔。梅柳南天遠，冰霜北地多。春風蘇病骨，載酒更相過。

冬日晚眺書感

幾處哀鴻動遠愁，書生翻愧自爲謀。百錢好覓黄公酒，尺幅終輸白傅裘。積潦田荒冰作鏡，空林煙斷月如鉤。陽春有脚知誰是，捧食黔敖在道周。

堂鼓鳴

鼕鼕何處堂鼓鳴，聞道達官居要津。連雲甲第初落成，朝歡夕宴堂鼓息。聞道達官已奪職，庭前泣露花無色。舊官新官喜得朋，十萬買宅黄金輕，比鄰又聽堂鼓鳴。

滄州老友于阿璞就養山東詩以代簡

筍輿遠問歷城春，百里全清夾道塵。升斗承歡非俗吏，湖山潤色待詩人。好酬兩世青矜舊，恰及先生白髮新。回首朗吟樓畔路，逍遥原是葛天民。

贈張望軒 世謙補鈔

長年海上阻歸程，臘盡寒窗酒共傾。善病君能諳藥味，苦吟我愧竊詩名。事無是處愁何補，語到深時氣自平。莫把禽星問休咎，庭花一歲一枯榮。

丙子春日寓榻張望軒書室時望軒將赴海上余亦有入都之約賦此誌別 補鈔

一榻能相假，感君眼獨青。愁多須作健，吟苦欲通靈。海上冰初泮，京華夢未醒。相看留不得，兩鬢已星星。

憶弟 補鈔

一雨年光換，長吟悵索居。街頭人賣蠏，雲外客無書。故國田園盡，邊城草木疏。遙知村釀熟，寒逼上鐙初。

無端

詎似蜣蜋慣轉丸，逼人瑣瑣太無端。百年代謝誰真幻，一日陰晴變燠寒。也識回頭成往事，最難放眼作旁觀。推窗坐看冥鴻逝，秋水蒹葭路渺漫。

日暮歸途自東鄉士城

日落斷行旅，河流凍不奔。霜風吹大野，鐙火出孤村。夾道夷樓矗，驚沙故壘昏。少時見人境，擊柝響重門。

家人埽除積雪蹀躞不止戲成長句

我無三徑生蒿萊，庭院偪仄多亂柴。長帚幾爲爨下泣，糞除無力髯奴衰。天公作意爲點綴，壞檐破壁光皚皚。安得不涴更不化，長如瓊室連瑤臺。家人惡作劇，畚鍤紛然來。驅使及童穉，汲汲胡爲哉。將爲小山當戶牖，側峯橫嶺關心裁。而乃去之恐不盡，玉山傾倒罡風吹。棄置道旁化泥滓，未容庭畔滋莓苔。我更顧之笑，抱膝歌落梅。還我舊蓬蓽，婦孺無驚猜。謝庭詠絮誠韻事，坐使王郎碌碌成凡才。

吾邑城南海光寺地極清曠今於其中用西洋機法爲機器局洋人進巨鐘築樓懸之以代更鼓

環城更鼓不到處，天空地迥蒲牢鳴。一鐘飛來自海外，海光落處青濛濛。島夷效職備方物，非徒淫巧誇羣蒙。詎知巧極多利器，無勞執卷談考工。洞開廣廈借蘭若，長年造作何專精。空王趺坐驚且歎，千手千眼無由窮。水火相激通萬竅，殷雷繞屋聲隆隆。機輪高下動山岳，大氣旁礴磨蒼穹。分寸不失諸法備，金石立破千鈞輕。事未及半功則倍，公輸束手離婁瞢。見者卻走神智亂，相與咋舌難形容。神工鬼斧充武庫，懸知眾志能成城。況復有時發猛省，岑樓數丈懸巨鐘。向晚一擊羣動息，頓教耳目同一清。利涉遠經蓬島路，訇訇還帶波濤聲。村墟數點暮煙合，風高響落梵王宮。寺僧出定宣佛號，木魚相答浮遠空。兩欒九乳制猶古，爭奇弔詭難與同。我居城市叢百感，挑鐙坐聽心忡忡。

哭郭琴舫

悲君偶現宰官身，瘴癘南天慘不春。重悔風塵還自慰，更無僮僕可相親。一家望斷音書滯，萬里魂歸宰木新（君家新卜塋兆）。漫說此行真失計，年來早已歎勞薪。

風雨寒窗悵索居，陡聞惡耗痛何如。傷心空有他年約，忍淚重看去歲書。驛路馬嘶分袂後，繐帷鶴弔入官初。告君一語君應慰，有子能文足啟予。

惻惻曾無入夢時，分明往事怕尋思。連牀勸駕真成悔，翦紙招魂只益悲。潦倒一官同泡影，驚疑幾度亂蓍龜。海風吹斷人天界，顧我頭顱已可知。

可憐垂死更登場，無復論文共舉觴。慨我幽棲仍臥病，聞君遺蛻已還鄉。惟餘熱淚酬知己，應有流風播遠方。丹旐淒迷停野寺，不堪回首讀書堂。

光陰卌載等閒過，交到忘形石不磨。顧影支離憐我瘦，依人閱歷讓君多。黃粱何處尋前夢（君曾作客邯鄲），朝露無端唱輓歌。從此朋儕零落盡，閉門卻埽老煙蘿。

安吉吳倉石（俊）少尹蕪園圖

天荊地棘飛劫灰，城空惟見狼與豺。安得倚天長劍揮，八極荒蕪盡闢煙塵開。

天涯回首歌八哀，喪亂既平歸去來。南鄰北里恣豪奪，縱有餘燼迷蒿萊。先人敝廬安在哉，卜居未定空徘徊。誰為度地誰庀材，數椽老屋昏塵埃。聊以蔽風雨，蝸寄城之隈。意外得隙地，林鳥無驚猜。茅茨不翦多莓苔，興酣休唱臨高臺。一花一竹有奇致，半村半郭來同儕。猿鶴沙蟲盡陳迹，圖書彝鼎羅幽齋。主人驚定更思痛，滄桑過眼難為懷。山石犖确自千古，一家元氣依舊同胚胎。吁嗟乎，蕪園之蕪，亦具心裁。圖成尺幅，行止與偕。攜來自海上，浩浩天風吹。十州三島浮几席，豆棚瓜架生光輝。從知湖天吏隱真仙才。

壽婁允孚舉信茂才

卓哉婁子吾老友，懶向名場誇疾走。藏書自號小琅嬛，採得芹香便埋首。半生落落稱寡交，人有可交交必久。遇事不妨執己見，貌自矜嚴意自厚。此身恆恥自為謀，彈指百年孰不朽。不為其易為其難，未肎居功敢任咎。從此勞勞更多事，偏得閒閒歌十畝。蒔花種竹見元功，養石引泉脫塵垢。我來無物非生機，把酒臨風為君壽。

題徐生沅青蝶訪居詩稿 並序

舊聞國朝太常寺有仙蝶，未之見也。沅青供職京師，仙蝶時來寓所，翩翩然雅知人意，因知以蝶訪名齋。

徐生徐生非俗才，供職薇省花初開。自公退食且裁句，翩然仙蝶時飛來。呼以道人飲以酒仙蝶喜酒，以道人呼之，則止酒杯上，坐覺好風生戶牖。此時詩思清復清，豈但撲去塵三斗。一麾遠問天台春，黃精白朮浮青雲。輶軒不到僻且陋，俗偷民悍何由馴。徐生作吏仍故我，觀風藝院試乃可。行看多士能文章，為惜分陰給膏火。興來更搨仙蝶圖，詩成還報故人書。霞起赤城作罨畫，瀾翻碧海多珊瑚。旋辭山海不肎住，積詩成卷投簪去。有子可教田可耕，抱膝長吟復何慮。徐生徐生耐討論，為詩可使詩教尊。六朝綺麗未足珍，世無大雅誰扶輪。

碧琅玕舘詩續鈔後跋

碧琅玕舘詩鈔刊於光緒乙亥秋，閱九年又得古今體詩若干首，仍分四卷題曰續鈔。時鑾先於辛巳夏引疾歸里，亟請再付手民寄杭雕板，謹偕同學許子光榮趙子忠瀚暨弟受業士鍌詳校鈔錄之譌。絳帳重遊，户外屨滿，屈指二十餘載。而隨事殷殷，訓誨以視，執經問字之時無少異焉。今春吾師選補東光縣正諭，親友皆為勸駕。而吾師以太師母年高，未能遠離辭不就。生平之難進易退，概可見矣。論世知人，是在世之善讀斯集者。

光緒癸未夏六月受業徐士鑾謹再識

後記

十餘年前，我經常在沈陽道和三宮舊書攤閒逛，時間一長，就與賣家熟稔了。《碧琅玕館詩鈔》就是賣家向我推薦的。我當時尚不知楊光儀為何許人也。從賣家那里得知他是天津人時，我毫不猶豫地買下了。因為我對鄉土文史情有獨鍾。這是一套四卷本詩鈔，還有續鈔四卷。封面有「芸軒表弟存之，聾叟葆晉」題署，鈐印有楊葆晉、聾叟、石吾金石三方印。卷一還有晉、小小平安館兩方印。木版印刷。對題贈者和印主我還沒有仔細研究過。對書的作者楊光儀，我做了點案頭功課。

楊光儀（一八二二—一九〇〇），字香吟，晚號庸叟。天津人，先祖自浙江義烏遷津，業鹽致富。至其父輩，家道中落。楊幼從父受書，年二十為縣學生，咸豐二年（一八五三）舉於鄉。光緒九年（一八八三）選補東光教諭，未赴。後會試不第，遂絕意仕進。居津以授徒講學為生。後主講輔仁書院，津門士子，多在其門。海上著名書畫家吳俊（昌碩）即其弟子。晚年與梅寶璐、于式祜、孟繼坤等聯吟結社，又與鄉中耆舊結成「九老會」「消寒詩社」，詩酒酬和。曾廣搜道光以降津人詩作，輯成《續津門詩鈔》，已佚。著有《耄學齋晬語》《碧琅玕館詩鈔》《碧琅玕館詩續鈔》等，是天津繼梅成棟之後最享盛名的詩人之一。

我於偶然中得此詩鈔，十分珍惜，請人修復。並認真通讀，大開眼界。張鐵榮教授、周大成先生各自在序言中分析鑒賞，給予了極高評價。我在這里不復贅言，只說三點體會。一是，詩鈔中的每一篇詩，都富有真情實感。無論律詩、古風，作者都有著親身經歷和體會後凝結於詩中的感情，或是感慨，或是頌揚，亦有憤怒，俱在詩中有所表露。二是，詩的語言極為凝練，精於遣詞造句，在欣賞中給人一種美的享受。作為詩詞愛好者，可以得到創作的啟迪。三是，格律嚴謹，詞語不生澀難懂，沒有拗句。古風、律詩讀來，朗朗上口。汲取了宋詩之精華，兼有同光之意蘊。確實是一部難得的上品詩集。

只因此集為上世紀初成書，現在市面上難得一見，故鮮為人知。久有重新整理再版之意。恰逢「問津文庫」蒐集出版鄉賢文集，得王振良先生鼓勵，將《碧琅玕館詩鈔》和《碧琅玕館詩續鈔》合為一編，徑題作《碧琅玕館詩鈔》，歷時數月點校排版告竣，在即將付梓之際，特別感謝南開大學文學院張鐵榮教授、津門詩詞名家周大成先生為本書作序。感謝今晚報副刊王振良先生三閱其稿，糾正謬誤。感謝天津古籍出版社唐艦女士、鄭偉先生精心編校。由於我水平有限，在點校中雖經幾番斟酌，難免仍有謬誤之處，敬希各位學者專家和同志們批評指正。

趙鍵　二〇一七年四月於津門寓中

《問津文庫》已出書目（總計五十七種另三種）

◎天津記憶

沽帆遠影　劉景周著　五九圓

荏苒芳華：洋樓背後的故事　王振良著　四九圓

津門書肆記　雷夢辰原著／曹式哲整理　四九圓

故紙温暖：老天津的廣告　由國慶著　二八圓

沽上文譚　章用秀著　三八圓

百年留踪：解放橋的前世今生　方博著　三九圓

南市滄桑　林學奇著　七九圓

津沽漫記：日本人筆下的天津　萬魯建編譯　三九圓

憶弢盦：來新夏先生紀念文集　焦静宜編　九二圓

與山河同在：天津抗日殺奸團回憶録　閻伯群編　三八圓

楮墨留芳：天津文化名人檔案　周利成著　三〇圓

布衣大師：允文允武的藝術名家閻道生　閻伯群著　三〇圓
口述津沽：民間語境下的堤頭與鈴鐺閣　張建著　二八圓
大地史書：地質史上的天津　侯福志著　二九圓
丹青碎影：嚴智開與天津市立美術館　齊珏編著　二八圓
立憲領袖：孫洪伊其人其事　葛培林著　三〇圓
津門開歲：徐天瑞日記解讀　王勇則著　五八圓
水産教育家張元第　張紹祖編著　三六圓
八年夢魘：抗戰時期天津人的生活　郭文杰著　二八圓
沽文化詮真　尹樹鵬著　四八圓
圈外談藝録　姜維群著　三八圓
記憶的碎片：津沽文化研究的雜述與瑣思　王振良著　三八圓
水産教育家張元第集　張紹祖編　五八圓
應得的榮譽：女醫生里昂羅拉·霍華德·金的故事
［加］瑪格麗特著/胡妍譯　三八圓

◎通俗文學研究集刊

望雲談屑　張元卿著　三九圓

還珠樓主前傳　倪斯霆著　三八圓

品報學叢・第一輯　張元卿、顧臻編　三八圓

云雲編：劉雲若研究論叢　張元卿編　三八圓

品報學叢・第二輯　張元卿、顧臻編　三二圓

劉雲若評傳　張元卿著　三二圓

鄭證因小說經眼錄　胡立生著　七八圓

◎三津譚往

三津譚往・二〇一三　王振良主編　三九圓

三津譚往・二〇一四　萬魯建編　三九圓

三津譚往・二〇一五　孫愛霞編　四八圓

◎**九河尋真**

九河尋真·二〇一三　王振良主編　五九圓

九河尋真·二〇一四　萬魯建編　五九圓

九河尋真·二〇一五　萬魯建編　八八圓

◎**津沽文化研究集刊**

《雷雨》八十年　耿發起等編　五五圓

陳誦洛年譜　張元卿著　四八圓

碧血英魂：天津市忠烈祠抗日烈士研究　王勇則著　九八圓

都市鏡像：近代日本文學的天津書寫　李煒著　三八圓

天津楹聯述略　李志剛著　三六圓

口述津沽：民間語境下的西沽　張建著　五六圓

口述津沽：民間語境下的西于莊　張建著　一〇八圓

紫芥掇實：水西莊查氏家族文化研究　葉修成著　五八圓

◎津沽名家詩文叢刊

王南村集　王煐原著／宋健整理　六八圓

嚴範孫先生古近體詩存稿　嚴修原著／楊傳慶整理　四八圓

星橋詩存　蘇之鑾原著／曲振明整理　五八圓

退思齋詩文存　陳寶泉原著／鄭偉整理　八八圓

待起樓詩稿　劉雲若原著／張元卿輯注　四二圓

劉大同詩集　劉建封原著／劉自力、曲振明整理　八八圓

碧琅玕館詩鈔　楊光儀原著／趙鍵整理　五八圓

◎津沽筆記史料叢刊

嚴修日記（一八七六—一八九四）　嚴修原著／陳鑫整理　一三八圓

桑梓紀聞　馬鴻翱原著／侯福志整理　四二圓

天津縣鄉土志輯略　郭登浩編　九八圓

嚴修日記（一八九四—一八九八）　嚴修原著／陳鑫整理　一二八圓

周武壯公遺書　周盛傳原著／劉景周整理　一二八圓

◎隨藝生活